U0717766

海象日记

乌冬 著

GUANGXI NORMAL UNIVERSITY PRESS
广西师范大学出版社
· 桂林 ·

惊奇 wonder BOOKS

海象日记　　　出版统筹　周昀 | 责任编辑　郑伟
HAIXIANG RIJI　特约编辑　赵金　黄建树 | 封面绘制　Moeder Lin
　　　　　　　　封面设计　山川制本 workshop

图书在版编目 (CIP) 数据

海象日记 / 乌冬著 . -- 桂林：广西师范大学出版
社，2024.5（2025.10 重印）
　　ISBN 978-7-5598-6906-7

Ⅰ. ①海… Ⅱ. ①乌… Ⅲ. ①随笔 – 作品集 – 中国 –
当代 Ⅳ. ① I267.1

中国国家版本馆 CIP 数据核字 (2024) 第 082649 号

出版发行　广西师范大学出版社
　　　　　　地址：广西桂林市五里店路 9 号
　　　　　　邮编：541004
　　　　　　网址：www.bbtpress.com

出版人　　黄轩庄
经销　　　全国新华书店
发行热线　010-64284815
印刷　　　山东临沂新华印刷物流集团有限责任公司
　　　　　　地址：山东临沂高新技术产业开发区工业北路东段
　　　　　　邮编：276017
开本　　　787mm × 1092mm　1/32
印张　　　8.25
字数　　　121 千
版次　　　2024 年 5 月第 1 版
印次　　　2025 年 10 月第 3 次印刷
定价　　　52.00 元

阿尔的话

　　我不知道我妻子是怎么想到写一本关于母性的日记的。有时思想会走上神秘之路，并且在时机成熟之时忽然浮现出来。这个想法是去年春天在杭州一座公园里出现的。当时我妻子已经怀孕三个月，大肚子刚刚开始突出来。我们在她母亲家吃了饭，正在回家的路上。她母亲已经病得很严重，但是在那些春天的日子里她的身体似乎恢复了一点元气。由此，那个下午我妻子的心情比较快乐。在柳树的树荫下她对我说："我要写一本日记。"我回答，这是一个好主意，并且我真的这么认为。其实，作出这一决定的那些日子是我们的生活中一个非常阴暗的时期。失去母亲的恐惧笼罩着她的心，但是婴儿临近出生的消息在黑暗中变成一道意料不到的光。我妻子非常需要不断地激起那个快乐的小小火苗。

　　生活继续其无情的历程：在小女儿出生的喜悦最大

的时候，她的母亲走了。"人生的循环"，就像人们常常说的。然而，没有任何喜悦可以消除至亲死亡的哀伤，幸亏也没有任何哀伤可以消除婴儿出生带来的喜悦。在最难的时刻，我妻子也继续写自己的日记，并且试图通过写作给她经历的事情赋予某种意义。

这本书里讲述的大部分故事都是我和我妻子一起经历的，并且我看到它们如何从生活转变为叙事。我一直很喜欢看我妻子怎么从现实中收集一个细节，一个对大多数人来说微不足道的生活片段，并看她怎么将这一片段扔进她幻想的万花筒中。当她看到有什么打动她的东西时，她偷偷地为此而焦虑。其实，我妻子一般不爱说话，所以我经常完全不懂她的脑子里会有什么。然后，在最奇怪的时间，比如在我吸尘时，在我做饭时，或者在我玩游戏时，她向我表达她的想法。有时她跟我讲的事情是好几天前发生的，并且一般我已经忘了，或者是我完全没有注意到的细节。有时她讲的事情，我记得很清楚，但是她用一个那么特别并且和我不同的角度来叙述，眼熟的经历似乎变成全新的；这样，我感觉是我在同一个经历中获得了两倍的经验。

我妻子要将这些想法写出来的时候，从来都是在最后期限的前一夜。有一次，她已经拖了两周的稿，两天都没睡着，并且在提交文章的那个晚上累得不行，所以她不得不求我帮她在电脑上打字。最初，我以为我妻子的问题在于她没有一个具体、严格的写作安排，但是我很快发现她的灵感若要涌现，只是需要感到最后期限靠近的压力。我们将该现象叫"牙膏的情结"，因为灵感和牙膏一样需要压强才能出来。

我不太清楚这种写作方法是否使这本书的故事更加真实，但是我好高兴这一年半的记忆还保存在这些书页中。因为记忆会很快褪色。但是，这些对于一个读者会有什么意义？我不知道。可能，他翻动书页，就如同在路上碰到一扇开着的窗户时，快速地看一眼里面的人在做什么；或者，如同在二手市场里查看陌生人的相册。这些故事是我们家庭日常性的碎片而已。它们是很普通的，和无数其他人的日常生活的碎片相比没有任何特别之处，不过每一块日常性的碎片，如果看得更仔细些，都是一块独一无二的碎片。

目 录

孕期日记

育儿日记

孕 期 日 记

一个陌生女人的怀孕

有一天，我突然开始查阅海狮和海象的区别。因为我隐约觉得自己已经变成了其中一种。从字面上看，海狮就是海上的狮子，海象就是海上的大象。我想我可能不小心同时拥有了两者的慵懒：斜躺在堆着靠枕和毯子的沙发上，就像置身于铺满温暖砂石的滩涂，头顶一颗太阳，周围一片汪洋。盛着宝贵淡水和食物的茶几则是一块断裂的浮冰，看起来遥不可及。

我伸出一条腿，试图把这块冰勾过来，一边在心里咒骂全球变暖什么的。我的猫游过来舔了舔我，发现还不能吃，就又游走了。我的丈夫则在不远处的岸边写论文。我看不见他，但是我想他应该还是人类的形态，戴着墨镜，手握着一杯鸡尾酒。

我怀孕了。我不知道别人怎么样，但是我似乎变成了其他的东西。

　　首先，我的上半身和下半身消失了。它们之间原本有一条清晰的分界，上面用来穿衣服，下面用来穿裤子。现在它消失了，或者说被埋在一个充实饱满的肚子下方。我站在试衣间里的时候迷茫极了。穿了三十多年的裤子，突然找不到它该待的位置。如果要让臀部和大腿感到舒适，就要把裤子提到肚子的中间。但是这个肚子是如此团结一心又如此娇弱不堪，它拒绝任何一条松紧带的分割和束缚。我努力回想顶着啤酒肚的中年男子，试图获得一些穿搭灵感。结果脑中首先浮现的是肚子上的皮带，以及惊叹号一般明晃晃的皮带扣。我现在终于明白了皮带的真谛，那根本就不是皮带，而是加粗加黑的下划线，用来强调上半身和下半身的分别。这个分别是那么基本和重要。

　　如果你观察过儿童绘画，就会发现里面人类的躯体一般都被分成这两个部分，而且往往会被涂上不同的颜色。我转过身看了看自己的侧面：我的身体像一根粗壮的枝条，上面的果实似乎都朝着自己想要的方向生长——孕产 App 也告知我，这个孩子会从蓝莓大小长成樱桃，再长成苹果、椰子什么的，而我的肚子最后会变成一个西瓜。就这样，我的上半身和下半身消失了，变成了我的前半身和后半身。

如果你和我一样偶然查阅了海象的资料，就会发现这种流线型的身体非常适合在水中游走、潜行、觅食、求偶。海象在水中的时速可达24公里，在陆地只能靠着短小的后肢笨拙地前进。

我笨拙地走出试衣间，陷入沉思。我这样一个流线型的人类，是否更适合在海洋生活？

如果整个孕期都可以漂浮在水中，我的肚子就会变成一座不断长大的小岛。（如果有一千个孕妇漂在一起，这片水域就会变成风景优美的千岛湖。）

但是大自然如此奥妙，用胃部不适来杜绝这样的绝佳想法。我的嗅觉灵敏，甚至发展出一些通感：不知道宫崎骏的动画电影《悬崖上的金鱼公主》给各位带来什么有趣的观感，反正我在途中干呕了几次——金鱼公主可能还好，她那个巨大的美丽的海神母后应该闻起来挺腥的。

在母性觉醒之前，我身上有一种原始的动物性似乎更早觉醒了。我想象我的一位女祖宗，在洞穴深处休憩，鼻子机敏地抽动着，眼睛闪闪发亮。我现在也是如此，一闻到隔壁邻居炸带鱼，就立刻大叫一声发出警报。我的丈夫（就叫他阿尔吧）便飞奔过来关上所有的窗，再点燃一根线香供在我的床边。有时候还有一盘水果。木质香气和新鲜果实给我前所未有的安慰。啊，原始森林，我的故乡。我的丈夫（也就是阿尔）还时常有一些充满人性的忧虑，比如等孩子进入青春期，我们该如何自处什么的。我眼下无法进行如此深远的思考。我躲在我的洞穴里休憩，浏览着外卖软件，眼睛闪闪发亮。

我好像还无法真正意识到发生了什么，又或许是我的潜意识在拒绝承认。我很少想到这个孩子，因为我要抓紧时间赶紧想想自己。我的身体就像生病了一样，但是所有人都说这很正常。

确诊，哦不是，确认怀孕的那一次检查，我发现我的报告单上有一项数值高达十万，而正常人的数值不应该超过五。在看到（表示数值过高的）向上箭头的那个瞬间，我仿佛看到那底下还写着一行小字："您可以升天了。"完蛋了！我一定是得了什么完蛋的毛病！结果只是妊娠状态啊。医生甚至说这个数据挺健康的。一个再正常不过的妊娠状态，让我不再参照"正常人"的标准。你想想，一个活生生的人类里面，还有一个活生生的人类。我努力接受这件事：这可太正常了！和俄罗斯套娃一样正常，和叠放的塑料饭盒一样正常，和夹心麻薯一样正常，和包着硬币的饺子一样正常。

真正"不正常"的应该是男性才对！他们一生都是空心的鸡蛋，只有蛋白没有蛋黄。他们的乳腺没什么用处却可以得乳腺增生、乳腺炎和乳腺癌，还竟然把如此脆弱的生殖系统放在体外，把孕育后代的任务托付给别人，真不知道是怎么想的。

阿尔（也就是孩子的父亲）沉思了一会儿：可能是因为我们男的确实太爱炫耀了，也太想要逃跑。

由于体内这个胚胎的存在，我成为表皮，成为外壳。由于这个婴儿还未出生，我成为襁褓、外套、婴儿车。我只敢把自己和这些充满功能性的词联系到一起去，还万万不敢去想那个神圣的词语：妈妈。即使是写成"麻麻"也不行。在我的人生里，有且只有一个妈妈，妈妈是她，是我的母亲。我这个冒名顶替者，我怎么敢成为她？我怎么能代替她？

只是我现在的听觉也更灵敏了。在超市、公园和随便的某条路上，我总会听见有小孩在叫"妈妈"。小孩总是会一遍一遍地叫"妈妈"，也总会有一个人一遍一遍地回答。也许一定要被另一个人叫千万遍，我才可以最终承认那个被唤作"妈妈"的人是我。像是某种契约，要在千万个声音里认出唯一的那声"妈妈"，而且一旦回答一次，就要永远回答。

阿尔离"父亲"这个词语则更加遥远。毕竟他是一个男的，无法感受孕吐和胎动，甚至无法踏入 B 超室半步。他现在能做的，只有把自己的小肚子也养大一点，造成一种"我们一起怀孕了"的假象。我们拥抱的时候，肚子和肚子会首先贴到一起，像某种开机仪式。还有五个月，一出漫漫家庭剧就要上演。目前我们只拿到角色，还没有拿到剧本，没有见到导演，甚至没有见到钱。

然而这出剧，我们对它有所审查和期待。它不能包含血腥、暴力、色情等儿童不宜的内容，过程最好不要过于曲折，结局最好不要过于灰暗。

我曾经想象过，当验孕棒上出现两条杠的时候，我要对阿尔说：

朋友，这里出现了两条杠，意味着我们的人生只有一种选择。我们两个人，再也没有堕落、发疯的权利了，我们要尽力避免交通事故、家道中落、过早陷入虚无主义和意外死亡。我们从此只能诚实坦白地活着，因为会有一双纯真的眼睛无时无刻不监视着我们，映射着我们，让我们认识自己本来的样子。这个孩子，就是《皇帝的新衣》里的那个孩子。

我们在他或她面前无从掩饰。

多么激动人心的一段演讲词，都快把我自己感动了。只不过我是一边用一个洗干净的装豆腐的盒子去接尿验孕，一边在脑中组织的（难怪如此流畅）。结果我买的验孕棒根本就没有显示两条杠，而是直接显示了"怀孕"这两个汉字。我也没来得及说出任何结论，只是惊叫了一声，厕所门外的阿尔就明白了。

"我们成功了！"他说。

"我们的关系必须要一直成功下去。"我知道他实际想说的是这一句。

"不是成功，"我的演讲词在脑中乱成一锅粥，"是诚实。"

我那时可能确实有一点激动。

"我们的照妖镜要来了！我们要诚实起来了，妈的！"

五个月后的今天，我从沙发上坐起来，皮肤皲裂，浑身酸痛，牙龈出血。我的胃口好了很多，尤其是想到有一根细细的脐带，在向那个已经成形的小人输送养分时。

我前三十年的人生，总是在轻易地逃避和放弃。现在不行了。我必须诚实面对：幸福，骄傲，脆弱，恐惧，疲惫。

怎么说呢。

一切。

天花板上有 22 个格子，大概表示这个检查室有 22 平方米。冷白色的灯光让人平静下来，想起阴天的自习教室。一般来说，这种时候会有一个老师坐在讲台上批卷子。我简短地瞄了一眼医生小姐，还好，她看起来心情不错，没有皱眉，也没有发出"啧"的一声。

23 周显然是一个重要的时间点，因为要做重要的排畸检查，以防这个孩子有什么让他活不下去的缺陷。超声科医生手持探头在我的肚子上划来划去，动作之迅猛，几乎牵动她半个身体，看起来就像握着摩托车车把正在弯道超车。我一边在脑中想象医生小姐骑车追踪婴儿的画面（相当大制作），一边暗暗吃惊：这里也是我的崽吗？这里也是？原本我对五脏六腑的位置知之甚少，但是怀孕以后，逐渐就知道那个几乎时刻在反酸的地方就是我的胃，常常感到快要爆炸的地方就是我的膀胱，而子宫像个临时违章建筑，在偷偷扩张它的领土。一座肉做的宫殿，温暖的城池，只是不能点灯。宫中的一切都笼罩在神秘之中。

我的孩子，她……或者他，正常吗？我试图捕捉医生吐出的每一个词语和每一声叹息。但是口罩遮住了答案的出口，让一切都变得像是幻听。机器运行发出的白噪音，空调冷气的微抚，还有探头如猫咪踩奶般的动作，都让人进入一种放空的状态。检查室的床明明又窄又小又硬，却令我昏昏欲睡。好像经历了一场漫长的赛跑后终于倒在草丛里，在结束一场热力瑜伽后终于躺在了地板上。这样看来，担心忧虑也是一种运动。从早期孕囊形态不佳被医生判断"先兆流产"，到唐氏筛查某个数值偏低又去做了补充检查，这些把一个人训练成母亲，大概就是让她开始不停地担心，直到精疲力竭，臣服于命运的安排。

"医生，他还正常吗？"我忍不住问。谁都希望自己的小孩是特别的，不受世俗束缚，但是正常的意思，就是符合标准。

我的中学生物课本上有一章专门介绍先天疾病。太高大是病，太矮小当然也不行，最让我印象深刻的是一张腿部畸形的照片：大概有五六个孩子排成一排，都穿着短裤，面朝着墙拍下这张特写。他们每一个人的腿都有不同的畸形。我有点难以想象拍照的那个下午，要如何解释这一场聚会，又要用什么样的语气和他们说，换上短裤，转过去，你们的腿畸形得如此标准，到了可以登上教科书的程度。当然，中学时代的我只是有一点难过罢了，还没有像现在这样，开始想象如果自己是他们之中谁的母亲：是告诉他接受事实，还是努力创造一个视他为正常的朋克世界？

"一会儿一起告诉你，现在脑袋还没看完呢。"医生说。

好的，但是"一起"又是什么意思？

脑袋没问题的话，还要看四肢，四肢没问题的话，还要看内脏。如果一切都没"问题"的话——多么讽刺——他就可以来到这个世界，面对这个世界的所有"问题"了。

检查持续了半个小时，医生们突然开始讨论机器的型号，仿佛电视主播在节目结束后突然开始整理新闻稿。而我如愿得到一个"未见异常"的结论和两张胎儿的正面照片。

哦，"未见异常"，就是说，这个孩子在将来会以一个正常人的面貌来面对一切审视。

是的，检查结束了，但是审视永远不会结束。

所以在那些我们永远无法逃开的目光中，他依然会如此简单地只通过医学影像就逃过一劫，得到一个"未见异常"的答案吗？

他听什么音乐？性向如何？抽烟吗？吃火锅放不放麻酱？喜欢电视情侣中的哪一个？喝啤酒时会放一片柠檬吗？会不会成为那种爱钻牛角尖的家伙？会不会非常抠门导致几乎没有社交邀约？会不会因为对于某种并不上档次的食物上瘾而身材过度走样以至于被人嫌弃？他是否热衷于社会意义上的成功？如果不是，他热爱的东西会被人嘲笑吗？如果是音乐或艺术倒也有个冠冕堂皇的说法，但如果他居然想成为一个收入微薄的研究蚂蚁的蚂蚁学家，人们会如何看他？

所以这次检查，真的能承诺他的"正常"吗？

我立刻忘记了自己"正常就好"的祈祷，开始担心起小孩的长相——检查结果的照片中，他看起来像一件拙劣的陶土工艺品，疙里疙瘩又变幻莫测，甚至两张照片上的脸彼此都不太相像。一张是椭圆形，一张是六边形，一张是高鼻梁，一张是塌鼻梁。我和阿尔在走廊陷入沉思。不管在哪张照片里，他看起来都更像一个老头儿。我想起一些深海鱼的故事：是不是因为子宫里太暗了，这孩子目前就打算随便长长？我干笑两声说，跟你长得蛮像！阿尔不甘示弱，指着那个塌鼻子：跟你也长得蛮像！

我和阿尔在二十三岁的时候就认识了，快三十岁的时候才决定结婚。因为我们都不确定，是否会在漫长的岁月中变得尖刻、冷酷，是否会开始为一些微不足道的小事争吵不休。爱一个人是有风险的，因为不仅要爱他的现在，还要接受他的未来。如果把时间线上的每一个瞬间都算进去，那根本就不是爱一个人，而是爱他的无穷无尽的版本。

孩子也是一样。那个稚嫩的婴儿不过是他人生的一瞬，然后他很有可能会变成一个可怕的青少年、在酒桌上吹牛的大叔、排队抢鸡蛋的老头。他们都和起初那个万众期待的小婴儿，是同一个人。但是所有人都问你，打算生个宝宝吗？宝宝那么可爱，真的不想要吗？没有人会提醒你，这个宝宝的保质期很短，他不久可能就会变成大叔。人们总是这么避重就轻，从来只挑选最美好的部分，而不去问一只蝴蝶为什么不生个毛毛虫。

我和阿尔正是想了一遍这些问题，才打算迈入婚姻，甚至再生一个人出来。因为他现在就像个老头一样喋喋不休，而我的心智，不知该说是早熟还是早衰，好像在十六岁以后就没有怎么变化过了。我们想象了一下彼此最糟糕的画面：他又和一件与他没什么关系的破事较劲，使用各种修辞手法抱怨一通（一周三次，每次两小时左右），最后把自己气到血管爆掉；而我呢，像一摊很难洗的污渍，一旦沾上沙发、床、摇椅这样可以躺平的地方超过五分钟，就很难再让自己起来了——就这样自暴自弃，直到呼吸衰竭。我们不明白为什么要举办盛大婚礼，搞得很梦幻的样子。我们正是因为对彼此都不抱有更大期待了，才敢走入婚姻的。

于是，我对这个老头儿一般的胎儿忽然又生出一点柔情。当然也可能是身体紧急分泌的催产素终于到位了。我突然意识到，"婴儿"虽然只是一瞬，"孩子"却是永恒的。等我再老一点，多么可怕的青少年也是我的孩子。等我快老死了，多么庸俗的中年人也是我的孩子。我很有可能见不到我的孩子变成一个真正的老头儿。到那个时候，他也将不再是任何人的孩子。而这张疙里疙瘩的胎儿影像，就像是年逾古稀的他穿越时间给我发来一张照片：是我啊，妈妈，我的肌肉萎缩了，大脑也退化了，但是这个人也是我啊，妈妈。

妇产科医院离我家只有 1.4 公里，途经一个小学、一座立交桥、两个商场和很多家火锅店。我和阿尔决定走回去。走得离医院越远，孕妇的浓度就越低，视野中逐渐出现带着孙子的爷爷、骑车的少女、在餐厅门口抽烟的服务员……就像从一处人工花园走入原始森林。看到一个可爱的小孩，阿尔便和我相视一笑。他想到的一定是不久的将来，我们带着小宝宝回家的画面。然而此时此刻，我对孩子的想象已经不止于他的幼年，而是延展到了他的一生。这个世界上的每一个人，都像是那个神秘孩童的无尽版本。孙子看着像我的孩子，爷爷看着也像！啊，怎么会有人知道，这个脚踩洞洞鞋、面带神秘微笑的初阶孕妇，走的竟然是母仪天下的路线。

我用我慈爱的目光看看阿尔。为了配合我的脚步，他故意走得很慢。于是我眼中的这个人，一会儿是他现在的样子，一会儿变成孩童，一会儿是二十出头的年轻人，一会儿又变成一个老头儿。但是他还是像往常那样微微踮着脚走路，帮我拿水拧瓶盖的动作也如此流畅。我爱的这个人，始终是同一个人——

一个如此特别，却如此正常的人。

"喂，你还是想要女儿吗？"

"是啊！"年老的他露出和蔼的微笑。

"倒也不是不喜欢男孩。"青涩的他低着头。

"就是想要一个小时候的你。"现在的他挤了挤酒窝。

"这样开心的时候，就可以抛起来玩儿啦！"

我的胸部好像在看我

　　最近洗澡的时候总觉得有人在盯着我。仔细一看，竟然是我的胸部。我闲置了好多年的胸，最近因为激素的缘故开始"瞪大了双眼"，不仅如此，它们还涂上了眼影，戴上了美瞳。我一掀开衣服，就感觉有两颗乌珠在用力地瞪我，吓得我又赶紧把衣服放下了。

　　我此时此刻的胸部，就像一部老年手机，不光是屏幕变大了，所有的按键也都变大了。又好像一个发展中的城市，市区变大了，市中心商圈也变大了。我知道它们会变大，就是没想到是这种大法。如果它们是一个靶子，那么谁都能射中靶心。一想到这个比喻，我的胸就痛了一下。看到连蒂拔开的山竹、被用力按下的服务铃或者"使出吃奶的力气"这七个字，我的胸都在隐隐作痛。

我还不知道我的胸部未来的命运到底如何，它们自己好像已经知道了。但它们还是视死如归、义无反顾地变大了，变得非常显眼，非常容易被找到和捉住。我立刻去查了一下新生儿的视力发育。果然如我所料，一个刚出生的宝宝几乎看不见什么，只能大概追踪一下在他面前15厘米处的红球。这时我的胸部仿佛成了唐僧：我不入地狱，谁入地狱？我不做红球，谁做红球？但是宝宝啊，你真的以为世界上有那么多长得像胸部一样，会让你混淆的东西吗？你还是太天真了。

　　光是长出一对像样的胸部，就已经够难了！每一个发育前的少女都活在未知之中：什么时候会开始流血？肚子会有多疼？到底会遗传到爸爸的胸，还是妈妈的胸？胸部太小的话，会被笑"飞机场"，胸部太大的话，又过于引人注目。我有一个朋友，只要跳绳、跑步，就会被默默围观。因为她的胸部实在过于"动若脱兔"。而我小时候皮肤很容易晒黑，在上初中的第一天被班上的男生问"以后是不是会生产巧克力味的奶水"。世界上有多少猥琐的问题，就有多少个让少女自卑的理由。最好长一对不大不小的胸部，正好刻下"贤妻良母"，颜色还要是代表纯洁处女的粉红。

　　长出一对完美的胸部真是太难了，因为要恰好符合如此匮乏想象力的标准。而且绝大多数时候，除了徒增负担，它们真是一点用处也没有：既不能像驼峰一样储存养分救自己一命，也不能在危急时刻甩出去当手雷用。好吧，有时候它们确实被当作武器，但是被攻击的对象居然是我们自己。

如果可以选择的话，我觉得胸部应该进化出除哺乳以外其他的功能，比如可以在必要的时候射出激光什么的。这听起来显然比蜘蛛侠从手腕射出蛛丝要合理多了。一对激光胸，就和一对车灯一样。向左转亮左灯，向右转亮右灯，在等到那个对的人的时候，可以原地闪烁。除了这些日常之外，你的激光胸还可以在你参加演唱会的时候做荧光棒，随着跳跃使劲晃动，环保！省电！在你遇到危险的时候随着跑动快速移动，两点成一线化为激光剑，边逃跑，边自卫！最不济——起码可以照亮回家的路吧。更重要的是，这时候如果有人凝视你的胸部，你的胸部也会像夜间动物一样亮起眼睛。尼采说的，当你凝视深渊，深渊也将回以凝视。

但是我们的胸部，它们如此易衰、脆弱。据说哺乳的时候，它们会疼痛、皲裂甚至出血。而断奶以后，它们就会像两个干瘪的口袋。我妈妈听说我怀孕以后，嘱咐我的第一件事竟然是要把胸部洗干净，以防喂奶的时候堵住。我没敢细问：你以前堵住过吗？我有没有咬得你很痛？毕竟我现在已经长成了一个大人，很难想象自己是头幼兽时的事情。但我还是有点怀念小时候。虽然我不明白为什么即使在夏天最热的时候，也不可以像男孩子一样赤膊出去玩耍。但那个时候，虽然不能比男生少穿一件，但也不必比他们多穿一件。我幼年的胸部多么无知，多么平和。然后它们渐渐长大，接受审视，接受各种内衣的调整。度过漫长又寂寞的等待之后，它们便有可能突然之间进入孕期，准备上那个血雨腥风、有去无回的战场了。

我想我的胸部可能已经疯了，被即将哺乳的热情冲昏了头脑。当我本人还在为今天没有吃到冰激凌而有一丝伤心的时候，该部门已心无旁骛，勇往直前，幻想自己会成为两架重型机枪，用奶水扫射所有可见婴儿的面部。我很想把它们晃醒：别傻了！这可是自杀式袭击啊！我的胸部根本不理我。它们甚至和地心引力站在了一条战线上，让我上楼梯的脚步和呼吸都变得越来越沉重。有一天我终于被勒得喘不过气，决定去买孕妇内衣，结果店员小姐观察了一会儿拿给我一个加大号的。我问：这有必要吗？店员小姐凝重地点了点头：它们后期还会长的，而且会有点痛是不是？我点点头。店员小姐像是交换什么机密情报似的，又兀自点点头：我那个时候也有点痛。

　　这可能是我人生中第一次穿加大号的内衣，但是我一点也没有欣喜的感觉。因为此时此刻，我的胸部就像婴儿的生殖器一样，已经失去了审美的意义，只剩下繁殖的意义。毕竟"母"这个字原本是一幅女性跪坐哺乳的画面，后面几经简化，最终只剩下一对胸部。我捧着我的加大码内衣，就像捧着一件战袍。它就像我巨大无比的孕妇内裤一样，没有活泼的颜色，没有浪漫的花边，连个小蝴蝶结也没有，有的只是肩带上的活动扣，可以让我随时把一片胸衣打开进行哺乳。我的脑中立刻出现一辆坦克，一个士兵扛着一挺机枪，一会儿探出头来，一会儿又缩回去。我的心有一丝悲伤：我的小蝴蝶结……我的小蝴蝶结没有了……这一次，我真的要上战场了……

　　而这种时候，阿尔居然偷偷问我：那，你看，我们要承认你的胸肯定不是最大的。如果你也要穿加大号，那么那些更大的姑娘，要穿什么？

　　在欣赏完一个漫长的白眼之后，阿尔也有点委屈：他突然原地跳动起来，抱怨自己从未拥有过"那种有两团肉上下飞动的感觉"，以后也不会有"那种和婴儿亲密接触的感觉"。

我想到阿尔这样一个男的，可能从来就没拥有过带小蝴蝶结的内衣裤（虽然这个蝴蝶结其实无关紧要），忽然也生出一点同情。他全身上下几乎没有什么脂肪，唯一能捏起来的肉竟然是他的下巴，就连猫也不愿意在他的胸上多待一会儿。等我们的婴儿出生，他既没有柔软的触感，也没有会飙食物出来的胸部，要如何讨好这个除了吃就是睡的小人儿？

我无比真诚地想把胸部送给他。除了喂奶以外，也许在日常生活中也会有点用处——比如更稳妥地进行胸部停球。但是这家伙还在一个劲儿地原地跳跃，一边捂着自己的胸大喊："我没有感觉呀！我没有感觉！"

唉，朋友，我以我亲身经历告诉你了，胸部要怎么样，它们就怎么样。真的不是以意志为转移的呀！

与猫共同失眠的夜

　　野猫凄厉的"哭声"回荡在小区里，像连绵不绝的子弹。我和我的猫一起失眠了。我躺在幽暗的床上，看它跳上窗台，一动不动地俯瞰着这些为情欲所困的同类，只有两个耳朵时不时像接收信号似的转上一转。

　　我的猫像一株植物般安静地生长在房间里各个气候舒适的地区。尤其当它在窗台上的时候，看起来就是一个毛茸茸的盆栽。从品种来说，它很有可能是捕蝇草，因为当你轻轻抚摸它时，它会用布满倒刺的舌头舔舔你。

　　我的猫原本不是这样的。我的猫原本不是我的猫。它在只有四五个星期大的时候，从二楼的露台掉进一家花店的墙壁里。那个时候，它应该也是发出了非常凄厉的"哭声"，花店的人不惜把墙壁凿开，把它救了出来。

我和阿尔正好从超市回家，见到手足无措、无法收养动物的花店店员，便顺手把猫和胡萝卜、牛肉、酸奶、卫生纸一块儿拎了回去。

我们也算是做了一件好事吧，我想。

我的猫刚刚成为我的猫的时候，实在太小了，屎都夹不断。阿尔像对待小婴儿一样，一边咕噜咕噜地说些嫌弃它的话，一边给它洗屁股。我则骑一辆共享单车飞奔出去，赶在宠物店打烊之前买它的口粮。我的猫就这样从掌心的一点，长成键盘、书柜、床尾、沙发靠背上的一坨。

我们应该是在做一件好事吧，我想。

我的猫长得珠圆玉润、油光水滑，之前坠落被困时留下的伤口都看不见了。我发了它的最新裸体写真给花店店员。店员说，后来又掉下来四只小猫，分别叫不同的人家抱回去养了。母猫是最后掉下来的，也让人抱回去养了。看来我的猫是最早掉下来的那一只，不知道该说它最愚蠢，还是最英勇。花店的墙壁凿了又补，补了又凿，某一天突然开了一个小小的窗口，卖咖啡。

但这总归是件好事吧，我想。

我的猫长到一岁，到了要绝育的年纪。阿尔和它深深共情，甚至想去咨询品种猫宠物店，问人家能不能留宿一只刚成年的小公猫，让它在绝育前能和小母猫共度良宵。我说你这衣冠禽兽！这是嫖啊！话虽如此，我们还是在家观察了一阵：楼下的小野猫一发情，我们就偷偷看我的猫。而我的猫就像和家长一起看电视看到十八禁画面的少年一样，表现出一副毫无知觉、毫不在乎的样子，仿佛外面的声响是几辆拖拉机发出的。既然如此，还是在它的发情期到来之前，就彻底解决了吧。毕竟它要和我们一起生活，不是和一群猫。

这……至少对我们来说是一件好事吧，我想。

楼下的野猫不断地繁衍生息。因为一些遗传学上的机缘巧合，它们也不断地变换花色。最近出生的这一群小猫，恰好和我的猫一样，是黑白相间的。阳光很好的时候，会见到它们窝在一起睡觉，组成一幅巨大的散乱的太极图。

阿尔和猫说：它们可能是你的表侄！我的猫这里看看，那里瞧瞧，又回到凉爽的窝里躺下了。我的猫，它是这个世界上孤零零的一只猫，是生命最彻底的旁观者。它身边的猫和人都在生育的轮回里反反复复。它也许真的是楼下那些猫的远房表舅，但是现在这一切，又与它有何干呢？

也许正是参透了这个道理，我的猫开始做一株植物。

有时候做蒲公英，有时候做仙人球，有时候做一盆吊兰装饰我的书柜，还不忘把尾巴垂下来。我想，做植物也没有什么不好，我的真名也是一种植物。大概做一个人，就是需要有一个安稳的位置、不断生长的根系、勇敢向上的茎叶，最后才能开花结果吧。我的父母大概也是对我有一丝这样的期许，才给我起一个这样的名字吧。

但是有一天，我的妈妈好像改变了主意。她站在一个没有开灯的房间里，轻轻和我说：我们大概给你起错了名字，毕竟"没妈的孩子像棵草"嘛。

我怎么会是没有妈妈的孩子。我几乎是妈妈一个人养大的。我的妈妈这样好，从小到大都有人羡慕我呢！我心里有一万句话可以反驳她，但是我一句也说不出来，我甚至连灯都不敢开。

我的妈妈生病了，不知道什么时候会离开我。从此，我就是一个在高速公路上逆行的人，天空永远下着雨，路灯恰好都坏了。命运像一辆失控的卡车向我撞过来，我浑身僵硬，目瞪口呆。除了站在原地等它撞过来，别无他法。

有很长一段时间，我像平常那样出门，上班，聚会，喝茶，和妈妈吃饭，给学生讲笑话。

有一天我回到家，看见我的猫一脸无辜地走过来，才感觉身上疼痛极了。我抱住我的猫，第一次和它道歉：对不起，我让你没有妈妈了。对不起，是我害你离开了妈妈。

是不是因为我让你没有妈妈，老天也要我失去我的妈妈？

哦，原来人在悲伤的时候，根本想不出几句台词啊。

我才意识到自己是多么自私的一个人，在路上见到一只落单的可爱小猫，就自顾自地把它带回了家。它的哥哥们等不到它回来，纵身跳进了墙壁的缝隙，它的姐姐们等不到它回来，也跳了进去。最后是它的妈妈，一个失去了所有孩子的妈妈。它是以怎样的心情，跳进这个会吃孩子的坟墓？

我的猫。我见到它的时候它那样小，小得连屎都夹不断。我亲手把它打造成一个会呼吸的玩具，还为这"楚门的世界"感到沾沾自喜。我的猫。对一切其他猫或人类都不感兴趣的，我的猫。我剥夺了它的亲情、友情、爱情，斩断了它的所有关系。我是一个强盗，强行占有了它的生命。

但是有的时候，我又十分羡慕我的猫。我的猫，没有亲人也没有朋友。它的水和食物准点发放，猫抓板坏了也会及时更新。这个世界对它来说几乎是永恒的。它再也不会失去什么。那么一个人，如果从来没有得到过爱，也没有付出过爱，是否也就永远不会伤心？

我的猫在不远处冷冷看着我：你难道愿意主动放弃人类的情感，就这样做一具行尸走肉？

野猫凄厉的叫声仍然回荡在夜空。我的猫打了个哈欠，优雅地跑走了。听着这婴儿一般的哭声，我的心却有一点释放。

哭吧，既然生命一定包含了痛苦。叫吧，连带我心底的那几声呐喊一起。

事到如今，妈妈平稳度过了一年，我腹中的孩子也平安长到了六个月大。猫啊，我最终还是选择纵身一跃，跳入这个生生不息的旋涡。到底应该说我英勇，还是愚蠢呢？

　　天气闷热起来，该下的雨一直没有下，于是情况发生了变化：我现在是一座活火山了。由于前面白纸黑字地写下了"我好像一只海象啊"这样的话，如今便只能非常嘴硬地告诉大家：有的人虽然看起来是一只海象，其实已经变成了一座火山。胎儿愈发多动，胃酸时常倒流，这一切都会让人联想到地壳啊岩浆啊之类的东西；肚子又长大了一些，原本团结一致的脂肪如今被平摊到各个辖地去，权力分散了，身体也变得不那么柔软。我的身体如今像是由滚烫的岩石组成，干旱、皲裂、寸草不生，而山体的内部正在积蓄随时能够爆裂开来的力量。我不得不大口呼吸空气，抬起腿来调整姿势，想让我胀痛的肚子冷静一点，结果缓缓放出一个悠长的屁。好了，现在你们也知道火山口在哪里了吧。

每天的早晨八点、晚上十一点以及吃完杨梅后的二十分钟，是一天中地壳运动最活跃的时间。肚子里的家伙一会儿举举手，一会儿举举脚，好像几个板块在投票到底要不要让欧亚大陆分开，或者让太平洋不再太平。我上一次知道自己体内有其他活物，还是在小学吃蛔虫药的时候。幸好人类无法感受寄生虫的蠕动，真是谢天谢地。育儿书上说这种时候作为母亲应该跟胎儿进行交流和互动，于是我只好把手放在我日益敏锐的肚皮上，柔声问道：你到底在干啥？

　　毫无疑问，这是一个没有任何意义的问题。因为就连提问者本人也非常清楚，这个问题得不到任何回答。但是这不妨碍我人生中一次又一次地问蚂蚁，问松鼠，问动或不动的胎儿，问刚失恋又复合的朋友：你到底在干啥？这个问题本身，不是为了打开一扇门，而仅仅是为了敲一扇门。或者可以这样说，它根本就不是一个真正的问题，而是用问号装饰的一句独白。

　　我仔细回忆了一下，发现自己已经很久没有问出一个真正的问题了。我的许多提问，都预设了答案。毕竟我可是能一本正经地向水果店老板问出"这个桃子甜不甜"的人啊。我问：今天过得好吗？要不要出去吃晚饭？就是希望听到肯定的答案。这让我想起我小的时候，家人也是这样问我的：想不想吃这个菜？要不要学钢琴？我开始以为那是真正的问题，后来才发现问题里已经勾选好了答案。

还有一些提问，不过是为了让对话继续进行，让时间顺利流逝的伎俩罢了。上法语课的时候我问：你做什么工作？在哪里？和谁？你的工作要求什么技能？做这份工作有什么优势，有什么坏处？但其实我对学生们回答的内容并不感兴趣，我只需要他们能说出足够正确的句子就行。语言课上的大部分对话就这样愉快而虚伪地进行着。人们谈论着彼此最基础甚至最私密的部分，对年龄、家庭和婚姻状况不断地试探和追问，其实又毫不在意。问到爱好，就说电影和音乐吧。问到梦想，就谈谈世界和平与环球旅行。如果偶尔出现了真诚而突兀的回答，反而会让对话就这样戛然而止。

因为所谓"对话"，法语词"entretenir"，既有交谈的意思，也有维持、维护、保养的意思。其中"tenir"指掌握、持有，"entre"则是进入的意思。我看到这个词的时候，常常想到一个穿着蓝色工服的小人踏入一段对话或者关系内部，站在最中间的位置，不断地向双方吹哨：你！语气缓一点！你！用词轻一点！一段对话之所以是对话，而不是辱骂、抗议或者没有回应的深情独白，恰恰需要双方的维持和努力。

渐渐地，我成为一个如此温和、不给人压力的人，因为我从来不问难以回答的问题。我是一个毫无斗志的球手，我发球的目的就是为了对方能顺利接住，而不是让球落地。我甚至会因为别人问出了不好回答的问题而感到委屈。阿尔跟我回中国五年了，汉语还不是特别好，常常问我单个汉字的含义。他问："泽"是什么意思？我就开始生气："恩泽""光泽""沼泽""润泽"里的"泽"都是不同的意思，你让我怎么回答？——喂，我给你发的球都是温温柔柔的好球，你凭什么可以乱打一通？

我成为一个如此模糊、不刨根问底的人。我的好奇包裹在敏感的自尊心里。我害怕坏消息，更害怕有些事情根本没有答案。我一再压抑那些"真正的问题"，以至于现在我失去了这个习惯。我在大脑各处搜寻我到底想问什么。我的大脑像一片寂静的球场，地上散落着很多年来没有被接到的球，有的写着"她不幸福是因为我吗"，有的写着"他为什么不爱我"，还有的完全看不清楚了。它们脏了，旧了，磨损了。

我偶尔会想起大学时候的网球课，一整个学期都在对着墙壁学发球。这种不必考虑对手的运动，让我得到前所未有的放松：随便怎么打，无论朝什么方向，用力挥拍！那时我发的球常常打飞，飞过网球场的围栏，掉在草丛、自行车道、无辜路人的脑袋上，或者运气再不好一点，落在围栏外面的臭水沟里。练球两小时，大概有一小时都在辛辛苦苦地捞球和捡球。但有时候，我也多么想要这样，完全不考虑某句话会带来的后果，肆无忌惮地大吼一声，然后用力挥拍啊！

我突然意识到，自己和胎儿的互动根本就是搞反了。哪里是我要向孩子提问，我提问的能力已经在过多的社会生活里消失殆尽了。应该是我重新向这个新生的孩子学习应该如何提问才对。毕竟火山在真正爆发的时候，看起来也像是噼里啪啦有很多话要讲的样子——如果它真的要爆发，便让它彻底爆发一次吧。

于是，当这个天然充满智慧的胎儿又开始"动手动脚"的时候，我让阿尔过来，把手放在我日益坚挺的肚子上。我说："这次你来提问吧，你想对宝宝说什么？"

阿尔看看我，面露难色："我总不能问 ta 喜欢什么颜色，要上哪间大学吧？"

我同情地摇摇头。问问题真的不是一件容易的事啊。

阿尔犹豫了半晌，终于小心翼翼地问出了一个"真正的问题"："那个……你是男的，还是女的？"

　　夏至是一年中白昼最长的一天，法国人选择在这一天举办音乐节。狂欢的人们扭动着从建筑物里喷涌而出，进入广场、街道、公园、堤岸、美术馆门口的空地或阿拉伯烤肉店，就像在身体里扩散开来的细菌，进入血管，进入脏器，进入心肺循环——如果只能再活一天，就活这最长的一个白天。旋律代替秩序，鼓点麻痹神经，陈旧的回忆与场景不断在脑内重建，又不断失败：摇曳的露背黑裙，小丑假发，右心室明显增大，弹吉他的民谣歌手露出笑容，白细胞降到最低，黑人妇女硕大的臀部，呕吐，升腾的彩色烟雾，葡萄酒之味。

　　我的精神穿行在一场盛大、混乱的蒙太奇之中，我的肉体端坐在急诊抢救室门口——"120！"黑嗓主唱大吼一声，护士们蜂拥而出迎接奄奄一息的病人，有人跑掉了一只鞋——我的眼睛和耳朵不停地接收信息又把它们随意扔掉，我的嘴巴在口罩下大张着，我的身体封闭了一切，我的两颗心脏争先恐后地跳动，直到医生走出来，拨开乌云一般的病人，叫到我妈妈的名字："某某某家属！某某某家属！"

我回到这个世界。

这个世界更加不像真实的世界。在"病重"和"病危"之间，医生勾选了后者。我写下我的名字，写下我们的关系，写下时间：2022 年 6 月 21 日 16 时 20 分。其实签到第三张病情通知书的时候，应该已经不是 16 时 20 分了。没有人可以在一分钟之内听完那么多话，理解那么多字，再加上我想到这个问题时的那一秒犹豫，一定已经不是 16 时 20 分了。我盯着急救医生的眼睛。那是一个非常年轻的男孩。他说：现在是 16 点 20 分。抢救室的铁门开启，又合上。我走到门边，看见很多虚弱的老人鼻间插着氧气管。我没有见到我的妈妈。我想也许我的妈妈根本不在里面。

急诊中心的大屏幕滚动播放着最新的抢救体系如何迅速反应救回在电影院突然晕倒的观众（到底是什么电影如此危险），又或者最新的 5G 技术如何让远在海外的家属以全息影像的方式来到病人身边（到底是哪个海外如此遥远）。然后，大屏幕上出现时间：16时20分。一个胖胖的护士拿了一张板凳过来，站上去擦大屏幕上的灰尘。现在大屏幕干干净净了，可以接受最严苛的目光的审查。干干净净的大屏幕仍然显示16时20分。

这不可能。这个世界一定是假的。停滞的时间就是证据。

我走回等待区，那里有五排椅子，每排八个位置，正对着抢救室的大门。多么悲怆的"影院"。人们看了看我的肚子，又看了看我，还是没有人起身，仿佛在说迟到的人就不要想坐下了。我看了看他们的年纪，大部分是四十几岁，还有的五十几岁、六十几岁。明明是我早到了。我的妈妈才刚满六十，我的孩子还没有出生。明明是我早到了很多很多年。

但是我想，他们已经等待得太久了，紧张和疲惫凝固成冷漠的样子。有些人可能从昨天的16时20分就开始坐在那里，已经在这一昼夜中拒绝了许多腹痛的人、摔伤的人来抢走他们的位置。因为这些清醒的病人受到的伤害也许是可见的、局部的、可缓解的，而这些家属受到的伤害是隐形的、不可估量的。有什么东西把他们钉在了座位上，就像行刑人把他们钉在了烈日下的十字架上，只有护士的呼唤可以让他们的膝盖稍稍有一点反应。

我从 16 点 20 分开始，等待 17 点。急诊医生说，17 点会送我妈妈去做一个增强 CT，确认一下心肺血管堵塞的情况。我又从 17 点开始，等待 19 点。导诊单上说，急诊病人的 CT 结果会在两个小时之后出来。

大概就是那个时候我想起来，这一天是夏至日，一年中白昼最长的一天。太阳充满耐心地让一切枯萎，所以时间才过得如此缓慢。当然，我还想起许多别的事情。大海、小熊、钢琴以及我上小学的第一天忘记包书皮的事。妈妈撕下挂历，把我的课本匆匆放在钢琴上包起来，用蓝色的记号笔写上"语文""数学"，写了我的班级和名字。她骂我怎么什么也记不住，又说她自己最喜欢的颜色是蓝色。

我眼前的人群像拼图一样聚聚散散，时不时露出水泥色的底板。一个男人踱来踱去，是拼图里令人拿捏不定、犹豫不决的那一块。忽然，他大声说了一句"你懂什么！"便走掉了。看来他并不属于这里。护士和报时的布谷鸟一般，每隔五分钟就出来喊一个名字。有的人拿到住院单，有的人拿到出院单。年轻的医生和我说，妈妈还很危险，但是也还稳定，心内科医生下班后会诊，也许明天可以转到呼吸科去。他的每一句话都带着转折和矛盾，就如急诊科这个地方，在最长的白天终于落幕以后仍然灯火通明。

周围的人们有的偷偷吃起泡面，有的已经开始入睡了。我们都知道，在接下来的这一夜，只要没有消息，就是最好的消息。急诊大厅瞬间有了候车大厅的氛围。阿尔从家中赶回来，拿来水杯、充电器、小毯子。他洗了澡，换了衣服，看起来像一只毛茸茸的大狗。我想起更早一些时候的我们，就是这样从意大利的北部坐火车南下，一直坐到西西里岛。夜一点一点亮起来，海一点一点接近我们。那时我们是两个年轻的恋人，为所有古老的闪光的东西着迷。

如今我们几乎是两个中年人了，只能并排坐在一起，被迫看着扑面而来的一切。在这趟旅程之中，我们好像很难真正抓住什么，也很难真正拥有什么。记忆便是所有行囊。他把毯子轻轻盖在我们俩的腿上，我又把毯子轻轻盖在我的肚子上。

亲爱的宝宝，这块毯子之下，便是我们的家了。看起来有点寒酸，但其实非常神奇又方便。

另外，2022 年的夏至，实在是惊险的一天。你一定不记得这一天：爱你的外婆突发急病，但最终也转危为安了。她会在一周后艰难地出院，笑着和我说"大难不死，必有后福"这样的话。

当然，她也会因为让我紧张和劳累而自责不已。

如果是这样的话，那么请你转告她：

‘ 其实 2022 年的夏至，你也在。你让妈妈的身体拥有两
颗心脏，比只有一颗心脏的时候，要坚强多啦。

我的老公可能想孵我

走在城市的夏夜，怎么说呢？走也走不动。原本十五分钟的路程，已经走了三十分钟。我在一家冷气十足的男装店门口定住了，像所有印象中的孕妇那样双手叉着腰，最狂野的电动车也不得不让我几分。路上的小小孩跟在生气的母亲身后，哭丧着脸从对面走过来。他看看我的肚子，露出乡愁般的眼神。我也目送这个小小孩，直到他的头消失在一个隐蔽的小区门口。阿尔说，你看这小哭孩真可爱！我心里想着：这么小一个人，这么大一个头，生的时候一定会卡住。

进入孕七月，倒计时从三位数变成两位数。我的体重从两——哦，对不住，原本就是三位数。产检医生麻利地抽出一根卷尺，量了量我的腹围和宫高，又在我的骨盆上方比画了两下，突然一个箭步凑过来：重了几斤了？吃得少吗？动得多吗？

他的语气仿佛我前两天见到的家居店店员：老旧小区吗？装电梯了吗？高多少，宽多少？

只不过家具可以拆掉运送再组装，而我的小孩不可以。如果小孩出不来我的"电梯"，医生不会把我的小孩拆掉，只会把我的"电梯门"拆掉。

我我我。我躺在窄窄的小床上可怜巴巴：我我我……

我没有想到，孕妇也要少吃多餐，低糖少盐，多做运动。肚子上的皮都展开了，日子过得紧绷绷。夏天来了，好想吃西瓜啊！医生说西瓜嘛，吃一片就好。还有无数柔韧的、灵活的、坚毅的自控型孕妇，每天在社交平台晒她们健壮的四肢、精致的妆容和小小的肚子。真是太过分了！弯腰都困难的孕妇，居然也能"卷"起来。那种半夜非要吃到生煎包于是指使老公去买的故事，仿佛一个都市传说。我和阿尔说：好像有那么一点想吃包子。阿尔兴奋得仿佛被一个东北老母亲上身：你有没有发现你现在真的是一个包子了！肉馅儿的包子！于是我也兴奋地拍拍我自己：那其实这里面除了肉，还有屎呢。

据说到了孕晚期，子宫的容量会膨胀到之前的一千倍之多。我的子宫现在不知道长到了哪个阶段，但它确实占据了我的大部分腹腔：我的胃和我的肺挤在一起，打嗝像呼气一样自然；肠道则像一条被封印的恶龙，盘在某个洞穴深处蠕也蠕不动。我突然和蟒蛇深深共情，感觉自己仿佛不小心生吞了一只煮到十二分熟的水煮蛋，一只像小西瓜那般大的水煮蛋，嚼也不嚼地吞进去，噎在那儿。走路的时候噎着一只水煮蛋，说话的时候噎着一只水煮蛋，睡觉的时候也噎着一只水煮蛋。可以这么说，我整个人都快变成一只水煮蛋了，里面是满满的没有任何空隙的粉状蛋黄。喝一点水下去，就像一点点雨落在蛋黄做的沙漠上，没有让它变得滋润，反而让它变得黏稠。我不得不怀疑，所谓胎生和卵生是不是一个伪命题：作为一个哺乳动物，我确实不会下蛋，但是我整个人都变成蛋了。

我的老公可能也发现了这一点。有时候我好端端睡着，会突然因为感到有一个阴影笼罩下来而惊醒：阿尔双手撑在我的身旁，含情脉脉地看着我。他越是含笑，我越是惊恐。因为他现在看我的眼神和从前不同：没有更热烈，也没有更冷淡，而是一种 37 摄氏度的温情——他说，我怕空调太足了，你会冷——他不是想亲亲我，也不是想摸摸我，他就像一只常年不孕不育的老母鸡，突然有一天在自己的窝里发现了一只蛋。朋友们，我觉得他想孵孵我。如果条件允许，温度适宜，又有一丝丝的科学依据，他可能早就一屁股坐下来，亲自用他的体温感化我的"胎心"。

我的怀疑不是没有别的例证：储藏间堆了好几年的空盒子突然消失，原本胡乱叠在一起的纸巾、口罩和消毒湿巾都被分门别类地放在抽拉式收纳箱里。阳台上废弃的花盆也焕然一新，重新种上了绣球花和猫草。我拉开厨房的抽屉，惊讶地发现原本夹着封口夹的包装袋都不见了，大米、杂粮和各种形状的意大利面都待在闪闪发亮的密封罐里。我的老公额头上满是汗渍，举着轰轰作响的吸尘器跟在猫的身后吸它刚掉下来的毛。

经过某著名检索系统的排查，我基本确定我的老公被激发了"筑巢本能"，也就是鸟类选用植物纤维、树枝、树叶、杂草、泥土、兽毛或鸟羽等物，筑成可使鸟卵受到亲鸟体温孵化和有利于亲鸟喂雏的巢窝的本能。简单来说，就是一个人，变成一只鸟了（也可能是变成老母鸡），要为即将破壳的小鸟准备巢穴。如果一个孕妇出现了疯狂清洁房屋或者疯狂囤货的行为，可能预示着她快要生产了。如果一个孕妇的老公出现这种行为……网上就没有详细展开了。

我看了看日历，离预产期还有两个多月，也就是整整一个暑假。新生儿的物件，我才买了一把椅子，几包尿布，两块浴巾。怀孕初期买的育儿书，我一页都还没有翻开——啊，反正开学才考试嘛，不急不急。

我又艰难地看了看阿尔，毕竟他刚刚搞完卫生，浑身散发着过于耀眼和圣洁的光芒。我有点走神：如果他一直这么搞下去，可能烛光晚餐都不用点蜡烛，冬天洗澡都不用开浴霸，非常节能。等他再走近一点，我看得更清楚了：他浑身散发的，显然是母性的光辉。

作为一个老母鸡，他筑好了巢穴，备好了粮食，就等小鸡破壳而出了。

但是作为一个蛋，我好害怕自己会破掉啊！我的肚子胀胀的，硬硬的，摸上去是气球吹鼓起来的触感，正中间那条莫名其妙的竖线也变得越来越深。我想起动画片里，无论什么东西要从蛋里出来的时候，都会出现一条锯齿形的裂缝，裂缝变得越来越大，越来越粗，最后"咔"的一声裂开。接着，画面一转，镜头和故事都会跟随那个可爱的新生儿，它这里啄啄，那里看看，充满好奇地跟在见到的第一个生物后面。而那个蛋，原本珍贵无比的那个蛋，从此就变成无用的蛋壳，兀自碎在那边。天啊，我的肚子会不会也从中间这条竖线"咔"的一声裂开？我会不会变成一堆蛋壳，毫无尊严地破碎？

阿尔举着蒸汽拖把指挥我：你过去你过去！脚抬起

来！我要拖地了！

我们的家已经锃光瓦亮了，要打扫得更过分更深入，唯有请大师来开光。

但是我什么也没有说，默默地坐回沙发上那个逐渐拥有我屁股形状的坑里，再把腿收上去——我现在，真的是一只蛋了。既然我的命运就是破掉，还有什么好说的。

阿尔拖完地看到我一个人在沙发上扑簌簌地掉眼泪，赶紧过来抱抱我。他说：相信你的身体！大自然会帮助你做所有的事情！

我在他温暖的怀抱里，有一点感动，又有一点害怕。

我是不是，又被孵了？

陌生人，给你起一个什么名字？

离预产期还有两个多月，我才了解到一个常识：只有 5% 的孩子真是在预产期当日出生的。这个所谓的 deadline——或许应该叫 birthline——不过是一种"毛估估"。有很多婴儿会在 37 周、38 周就急急忙忙出生，也有一些会拖拖拉拉到 41 周甚至 42 周。这还没有算上那些真正的"早产儿"。就好比拖着行李立在航站楼里，大屏幕上不仅会显示"准点"和"延误"，还会显示"您的航班已提前起飞"。又好比坐在高三的教室，黑板上贴着"剩余十五日"的倒计时，这时候突然走进来一个教导主任，把倒计时一撕："算了，同学们，我们明天就考试。"

时间突然紧迫起来，我一把揪住阿尔的小卷毛：怎么办！孩子的名字还没有起好！

阿尔慢悠悠打开电脑，调出一张 Excel 表格。"表一"是女孩儿的名字：Saffo, Selene, Febe；"表二"是男孩儿的名字：Enea, Achille, Aiace，都是之前我们在闲谈中聊到的名字，没想到已经被做成了表格。我翻了翻阿尔的文件夹，里面除了这个表，还有我的减肥体重变化、月经周期记录、旅行物品清单以及他自己每个月的收支、写论文时期每天完成的字数……我五体投地，哑口无言。

很明显，我和阿尔不是同一类人。阿尔的脑袋打开来是一张张表格，我的脑袋打开来可能是多年未清理的垃圾桶：里面有只写了开头的文档、拍糊了的照片、做 PPT 时下载的因为带了水印而无法使用的矢量图、逛购物网站不小心截下来的商品介绍页。阿尔是那种会在放假前两周就定时定量、有条不紊地完成暑假作业的人，而我是会在开学前一天的凌晨还在疯狂补写作文的人。要我说，人与人的差别主要是在这些方面，而不是种族、文化、语言。

我和阿尔是在法国认识的。一个中国留学生和一个意大利交换生用半生不熟的法语闲聊、恋爱、异地恋爱，最后竟然结了婚。或者可以这样说：一个念现代文学的人和一个念古典文献的人，这么两个毕业以后都注定赚不到钱的人，最后竟然结了婚。

阿尔帮我组装的第一件家具是我在念大学时网购的一张简易单人床；而就在前几天，他给我们即将出生的孩子装好了尿布台。我看着他跪在地上的背影，心中感慨万千。这么多年过去了，他现在装家具真的装得蛮熟练的。

但是孩子快要出生了，被忽略的"种族差异"突然浮上水面。我们不仅不知道孩子的性别，也不知道他或她的头发是直是卷，眼睛是什么颜色，长得更像欧洲人还是更像亚洲人，会更爱吃意大利面还是酸辣粉。这个孩子现在对我们来说，是一个彻头彻尾无法想象的陌生人。

我和阿尔都为难极了，竟然要给一个没见过面的人取名字，而且这个人竟然还得用这个名字一辈子。我仿佛听见上苍叉着腰哈哈大笑：连这点事都不敢当的话，还怎么抚养这个小孩长大，干预这个小孩的前半生！

这样看来，能当父母的人都不是一般人，起码需要脸皮厚到能够随时替别人作出抉择。

我问阿尔：你喜欢自己的名字吗？

阿尔耸耸肩：没什么感觉，不过因为是 A 开头的，口语考试都比较早轮到我。

会这样问，是因为我对自己的名字始终没有什么归属感。从小到大，每次听到别人喊我的名字，我都觉得他们在叫另外一个人。我的肉体上前应答：哎对，是我是我。我的灵魂留在原处。这听起来未免也太像什么夺舍重生的故事。阿尔问我：那你自己给自己取的名字，总有归属感了吧？哦，你是说"乌冬"吗？老实说，在注册某写作网站的那一天，我正好从亚洲超市买了一包乌冬面。可以说是亚洲超市赐予了我这个名字。

"那你以前写的小说呢？主角的名字都是怎么来的？"

"这个就更简单了。如果实在想不出名字，我就打开外卖软件，点一个好吃的外卖……"

"吃饱了就能想出来？那不如我们去吃……"

"不是的。我就直接抄外卖员的名字。"

我没有和阿尔解释：其实一般的中国人会从《诗经》啊唐诗啊宋词之类的选集里给孩子选名字，再怎么也得翻翻《新华字典》什么的，而不是在超市、菜场和外卖软件里选名字。不得不说，由于我个人不经意之间的努力，阿尔这些年对中国的误会可能越来越深了。有一天，他甚至双眼冒光地问我：那么能不能给孩子取名叫"桌子"？你看，"桌子"承载了一切学科研究。

我脑中的垃圾桶一阵翻腾，翻出一幕《还珠格格》："小桌子！""嗻！"

当然，这件事我也没有和他解释。

阿尔会如此兴奋，是因为用意大利语取名没有这么“自由”：他们的名字不能随意组合，只能从现有的名字库里选择。阿尔更喜欢希腊语，就直接排除了所有拉丁语名字。我发不出大舌音，于是又排除了所有带字母 r 的名字。让意大利人不要发大舌音，就好比用一根塑料绑带捆住了他们飞扬的手指，没有太多发挥的余地了。在剩余的名单里，又要排除那些死得太过惨烈的英雄以及那些音节太长导致我根本记不住的……仅仅用排除法，我们就得到了那两张 Excel 列表里的名字。它们都非常短促、简洁，可以轻易音译成中文。

那不如就取一个音译的意大利语名做中文名字？

我和妈妈说：我们想了一个女生的名字，叫 Saffo（英译 Sappho，中译作萨福）！是古希腊的第一位女诗人。

我没有说的是：阿尔曾经一边抚摸我的头发一边告诉我，我的头发像这位女诗人的一样，浓密，并且黑到发紫。他的第一只猫咪，是一只通体黑色的母猫，也叫这个名字。

我妈眯起眼睛：傻福？傻人有傻福？

看来这条路也不太走得通，起码通不到罗马去。我翻来覆去，我抓耳挠腮。如果小孩的名字取得太烂，岂不是暴露了自己其实读书读得很少，根本没什么文化沉淀的事实？现在再开始重读老庄，是不是也不怎么来得及了？我仿佛回到无数个暑假开学前的夜晚：整本作业都是空白的，连名字也没写。

只是中学时代尚且有同学"互帮互助"一番，现在只有一个阿尔吹着口哨：这可是中文作业，我帮不了你了。

像西瓜虫一样滚来滚去

好像就是这几天的事：肚子像太空舱一样弹射出来，常常出现在我自己的视野里。上一次这么跟着一个球走，还是在小学四年级的时候，边回家边踢一只西瓜虫。现在的城市街道上很难见到西瓜虫了，它展开的时候是一只卵形的灰黑色甲壳虫，遇到危险就缩起来变成一个球。履带般的壳首尾相连，让球体布满纹路，就像一只迷你西瓜一般，也像迷你的弹珠。

小时候许许多多的事，我都忘得一干二净，仿佛一个群演，参加了一场别人做编剧和导演的演出。我一会儿穿着蓬蓬裙转圈圈，一会儿穿着运动服做广播体操，写毛笔字，做口算，吹难听的竖笛，概括了一些文章中心大意，又宣了一些自己也不明白的誓。我听着老师喊："静！齐！快！"心中想着：这难道就是这个世界的规则?

那时候的一年那么长,我只记得一两场雪。那时候的一天那么长,我只记得放学后独自回家的那五分钟。有一个"我"在大人们的记忆里:一个文静的很早就戴上眼镜的小女孩,喜欢超市里华而不实的东西,害怕所有虫子。还有一个"我"偶尔才会出现。那个"我"有一双很旧的白色旅游鞋,一直在我眼前的画面里走着。这双鞋碰到一只匆匆赶路的西瓜虫,就伸出去轻轻一点。西瓜虫向前滚动的时候,我的思绪似乎才真正向前滚动:我是谁?我为什么在这里?我为何在过这样的生活?

生命如果是一个程序,这个"我"可能是卡到 bug了。我竟然想停下来,想跳出去,把自己缩成一团,随便滚去哪里。我想用 2080 年的道德标准要求自己,再过过 17 世纪的生活。我想扔掉所有"好"与"坏",把一切看作选择。我想比自己的母亲更年长,想在跳进泳池的时候变回孩童。我想所有的广告都一夜成真:月经变成蓝色,汽车在天上飞,一个目空一切的肌肉男永远在海边蹚水,快乐的时刻都会变成五颜六色的糖果。

这个世界当然不是如此。拥有一些生活经验的人看到我的肚子,常常伸出手来比画一番,试图通过这个肚子是尖的还是圆的来判断这个孩子是男是女。我很想和他们解释，肚子并不只拥有两种形态。我的肚子严格来说更接近钢铁侠面具的形状，我怀的也很有可能是一个钢铁侠。而拥有更多生活经验的人看到我的肚子，已经开始问我：那么你的小孩以后应该是要上国际学校的吧？

亲爱的小孩，我要先跟你道歉。国际学校实在太贵了，我们就上上家门口的那一间吧？我提前看过了，上学的路上有两家早餐店、两间小卖部（其中一间卖烤肠），还有一个一直挂着急租但始终租不出去的铺面，店主每个季节都在跟风：一会儿卖卖红薯，一会儿卖卖烤饼，一会儿卖卖冰糖葫芦。看起来生意都不怎么样啊。不过等他开始批发棒冰的时候，夏天就要来了。于是我常常把这间变幻莫测的小店看作一棵亚热带气候落叶乔木。

亲爱的小孩，你可能已经发现了，我是一个幻想经验大大超过生活经验的人。如果你以后发现我又坚强又厉害，总有很多道理很多办法，那应该都是假装的。所有的真相都在这里了：生活步步紧逼，我就步步退让。对不起，我实在是一个十分脆弱的大人。在你出生以前的几个月，韦伯望远镜已经拍摄到了恒星爆炸的瞬间，而我和你一样，会在某个早晨感到实在无法面对金鱼的死亡。除了接受，生活还有没有其他选项？能不能像西瓜虫一样，一边抱怨着"好晕啊好晕啊"，一边一鼓作气，就地滚走？

踢西瓜虫的人和西瓜虫，大概只有一个能勉强保持清醒。或者，这件事也可能有另一个解释：我已经从踢西瓜虫的人，变成了西瓜虫本身。

妈妈的复查是每三个月一次，我的产检是两到三周一次；学生 A 的课程是一三五的早晨和晚上，学生 B 的课程是二三四的下午，周六班上到第二阶段，还有五次课就要结束；周二有一个截稿日，周五有时还有另一个。我低头一看，确实看不到我自己的脚了，只看到一只圆圆的肚子。而我的生活像一只布满履带的甲壳虫，不断向前滚动。没有办法停下，也没有时间喘息，更没有机会张口诘问：喂，到底是谁踢了我一脚？

亲爱的小孩，随着见面的日子渐渐临近，大家对你的到来都有了更实际的感觉。在医院等待检查的时候（这几乎成为我最近的休闲活动），阿尔得空就开始偷偷观察其他的准妈妈们。看看她们穿什么样的鞋（我的脚开始有一些浮肿），目测她们肚子的大小。一旦看到和我差不多月份的人，就拿手肘推推我：哎，你说这个人，是不是也住在附近？她的小孩，会不会和我们的小孩做朋友？他们会不会上同一个幼儿园？会不会在礼拜天一起去公园搭帐篷？

好像只有我，本该离你最近的我，对你的想象至今还停留在很模糊的阶段。要是有人问我胎动是什么样的感觉，我就眨眨眼睛问对方：你有没有看过《异形前传》？

亲爱的小孩，不要因为好奇而去看《异形前传》。我乱讲的。

我现在怀揣着你，更像在怀中揣着一只书包，书包里装着一只呜咽的小狗。我永远不想把你放下，但是我上学要迟到了，作业还没做完。也许是因为我之前对着读者建议的"月大锤"这个名字笑了太久，你在书包里挣扎得非常有力，似乎真的抡起几只大锤。但是我实在不知道如何邀请你进入我的生活，因为它看起来如此忙碌，如此残酷。我问阿尔，等孩子呱呱坠地，我们的生活会一直这样艰难吗？还是变得更加艰难？阿尔摸了摸我的背，反问我他能不能给孩子念《伊利亚特》哄他入睡。我想他的意思是，越是残酷的事情，越是要让你早一点听说和明白。

亲爱的小孩，我不知道如何向你介绍这个世界。因为我期待着，接受你的邀请，重新认识这个世界——那个还没有写进任何规则的世界。我期待你用问号遮掩真相，用空白覆盖空白。我期待你能让我短暂地忘记痛苦，或者干脆和你一起大哭。我期待再过一个童年。

再告诉你一个抚慰我良久的梦吧。有一天，我梦见一个俊美的少年，把手轻轻覆盖在我的手上，把我掌心的金鱼一点一点复活了。

再告诉你一个十分有限的生活经验——如果你偷偷在书包里藏一只小狗，你的心就会突然变得像那只小狗一样。

不是晴天，也不是雨天

昨天下午四点，突然下了一场太阳雨。先是听见什么东西打在雨棚上的声音，然后听见一个小女孩大叫起来：下雨了！妈妈从椅子上起身，去阳台上关窗，又把窗帘拉开。她说：这样我们可以看看雨。

非常大的雨，在我们的注视下丝毫没有害羞的意思，把窗户洗得干干净净，把隔壁邻居的内裤淋得彻彻底底。也许因为是阳光下的雨，没有阴沉的天空作为背景，看起来异常洁净。我想了一想，也没有想出什么诗意的句子，便说：这个雨下得那么假，好像在拍戏。妈妈轻轻笑了一下，没有回头看我。她说：真好，把窗户洗得干干净净。

有一些日子，既不是晴天，也不是雨天。气温稍稍回降了一些，力气也稍稍回来了一些，我第一次步行到菜场而不感到疲惫。照我们之前讨论的，中午煮一只鸭子、清炒白菜、豆芽和葫芦，下午可以蒸点毛豆吃吃，看到嫩玉米也买一些。我拎着鸭子转来转去，每一个铺面的蔬菜看起来都是一模一样的新鲜水灵。我突然想到，我拎着的是一只鸭子的碎尸，又赶紧把这个想法删去——"把注意力集中在眼前的事物，让平淡的生活冲刷一切。"——换上了这句。菜场门口的小店卖各种被不小心遗忘的调料：黄酒、白醋、葱、姜、蒜。最前面摆着的是最当季的水果。我的肚子太大了，蹲不下去，便让老板选了几颗无花果、一些葡萄。老板细细挑了，把钱算好，把塑料袋挂在我手上。

妈妈有两个月没怎么出门，每次出门好像都是去看医生（这一点和我的猫很像）。于是我把门口的世界用塑料袋打包了一些，摆在她眼前。浦江的紫葡萄，和时下流行的"阳光玫瑰"是不一样的甜，有"葡萄味"。妈妈吃了一颗，没有引发咳嗽，于是又吃了两颗。

也许是你好起来了呢。我淡淡地说。

有好起来的一天，便有坏下去的一天。妈妈的病就是如此，让人不敢许愿。但是总有一些日子，既不是晴天，也不是雨天。

肚子里的家伙如约长大了，在 32 周的年纪，双顶径

8厘米，股骨长6厘米。我心想：啧，腿长还没脑袋大。（没错，这是一个病句。）不过B超医生说"长得就是32周该有的样子"，产检医生也夸"长得匀称"。我把这些话和阿尔说了一遍。阿尔蹲在检查室门口，看着单子努力辨认孩子到底在哪里。是的，一个欧洲人，因为不敢占用孕妇的座位，硬生生学会了亚洲蹲。回到家，我又把这些话翻来覆去、添油加醋地和妈妈说了几遍。妈妈很开心：菩萨还是在保佑我们。

我是一个懒惰的女儿。我把来自胎儿的消息，伪装成自己的努力。我挺着肚子在家里走来走去，故弄玄虚。肚子一动起来，我就兴冲冲地指给所有人：你们看，它动了！于是所有人看着我的肚子轻微地弹跳了一下，都发出赞叹，就像亲眼见到这个孩子抬头、翻身、走路并开口说了第一个字。我没有什么能拿得出手的东西了，这是我现在唯一能奉上的好消息。

但是这个肚子，这个坚挺的肚子隔在我和这个世界之间。更具体一点来说，隔在我和水槽、灶台、书桌、电梯门、地面之间。我的手变得越来越短，像一只霸王龙。掉落在地上的记号笔、口罩、充电器插头、浴巾、包、长柄或短柄的雨伞，无论如何是捡不起来了；键盘和屏幕突然离我远去；洗几个杯子也需要扎马步；洗澡的时候只能像苍蝇那样拿自己的脚搓搓自己的脚。我只是怀了孕，却像是突然病了、老了，尿检的时候差点把整杯都洒了。阿尔为我穿上鞋子，我看着他头顶的旋，偶尔会陷入沉思：这个年轻的男孩，真的是我的丈夫吗？还是被我错认的护工？

这个肚子，也隔在我和许多其他事件之间。呼吸科的医生说妈妈的病情可能恶化了，但等到了去正式复查的这一天，妈妈说：你一个大肚子就不要去了，不然我更不安。你也不要哭，不然孩子也会一起伤心的。

我还没有成为一个合格的母亲，就先成了一个不合格的女儿。餐食是阿尔和钟点阿姨准备的，衣服是妈妈自己洗的。他们说：你一个大肚子，就不要……

我到底做了什么？我做的所有事，便是打开空调，关上空调，躺在床上看看妈妈沉睡的背影。我的肚子隔在我们中间，让我的手变得像霸王龙那样短，无法拥抱对方。

阿尔说：想想那些好事，让你平静的事。想想波光粼粼的湖面，想想孩子。

我逃开了他的目光。

即使在医院产检的时候，我也无法全身心地想着我们的孩子。湖面上的阳光、音乐以及嬉闹的人群在十分遥远的地方闪烁着，"成为母亲"和"失去母亲"这两件事在我心中无声地交叠，像两股柔软但无法挣脱的水草，把我向水下拖去。

生命没有无痛的选项

周日晚上，朋友送来一个闲置的婴儿床和一个绝世的坏消息：她当年生产的时候，由于麻醉师不够，整个产房都没打上无痛。

"不是说开两指以后就可以……"我比出的两根手指僵在半空，逐渐从胜利的手势变成自戳双目。

"那可不一定。"朋友耸耸肩，"我当时痛了十二个小时，最后到了生的时候，已经什么也感觉不到了。"

已经过了饭点，我们坐在一个西式餐吧里，灯光昏暗，音乐舒缓，人们用刚做好的指甲摩挲鸡尾酒杯，服务生戴着耳机不紧不慢地走来走去，四周弥漫着一种精神镇痛的氛围。

我算了一下，她说完这句话大概用了十二秒，其间一边真诚地看着我，一边毫不犹豫地撕裂了一块坚韧的黑麦面包。我坐在她对面，仿佛一块质量绝佳的回音壁，心中回荡着"痛了十二小时"和"什么也感觉不到了"。

我摆在桌上的手机也偷偷竖起耳朵，在一曲曲的靡靡之音里精准辨识出了那个中文关键词，在接下来的两天里一会儿向我推送"无痛分娩人类之光"，一会儿又向我推送"震惊！无痛分娩要排队"和"无痛分娩竟然对我没用"。

在这两类帖子里反复横跳了一阵子之后，这道传说中的"人类之光"在我心中，便逐渐从普度众生的佛光，变成一只时好时坏的手电筒。我甚至能想象出生育之神（大概是一个一米六左右穿着白大褂的老头儿）握着这只手电嘀嘀咕咕、拍来拍去的画面：拍一下，亮了，被照耀到的产妇们满面春风、安然入睡；再拍一下，灭了，鬼门关里哀号一片，老头儿在黑暗中嘟囔一句"哟，不好意思，这玩意儿接触不良"。

做女人真是太难了。男人靠不住也就算了，无痛也可能靠不住。

我赶紧去查了一查传说中的疼痛分级，结果发现不少所谓的分级里都掺杂了相当奇怪的东西：什么二级疼痛相当于情侣间的打情骂俏，三级疼痛相当于父母痛心疾首的责备。等等，那么到底是打情骂俏的人痛，还是被打情骂俏的人痛？是痛心疾首的父母痛，还是被痛心疾首的父母责备的人痛？而另外一些看起来没那么离谱的分级里提到了"打耳光""用小刀割肉"和"断手断脚"，让人觉得仿佛在看黑社会胁迫指南。我努力想象了一下，还是不太想象得出来断手断脚有多痛。由于从小遵纪守法、热爱生命，我经历过的最大意外不过是把脚夹进自行车里（三次）。

不过如果这些指南，不，这些分级是真实的，那么黑社会老大最有力的威胁应该是这样的：你信不信？要是月底还不把钱还上，就不只是这样和你打情骂俏了，我要让你生个孩子！而警方卧底过了十年终于忍不住写血书给上级求助：快请绝经了的同志救我回去吧，我都生了八胎了，实在养不起了啊。

我开始怀疑疼痛这件事根本就没有科学的测量方式，就像一个人永远无法验证自己看到的颜色是否和别人看到的完全一致。有人说宫缩像痛经，有人说宫缩像小刀在刮你的骨头。而更多的人都在问：宫缩到底是什么？怎么讲呢？这种事情，大概就是"宫缩宫有理"吧。

对不起，这个梗太烂了，请允许我重新来过：未知的恐惧是真正的无底洞，想象中的敌人永远战无不胜。因为它们是我们自己派出去的间谍，太知道我们所有的弱点，也往往能完美预判我们所有的防御行动。这样的敌人，是不可能打败的，只能与它握手言和。

作为一个资深的飞机恐惧症患者，我一度在行程之前的几个礼拜甚至几个月就开始焦虑：我选的日子，会不会就是自己的死期？目的地那边的家人，会不会永远等不到我平安落地的消息？

有无数次，我在白日或夜晚的梦中想象坠机的画面。越想象，就越多细节；越多细节，画面就变得越真实。我逐渐无法忍受其他类似的感觉：天桥的共振、地铁站里的震动、坐在隔壁的隔壁疯狂抖腿的大叔。再后来，我甚至分不清那种令人心焦的颤动，到底是别的什么东西，还是自己的脉搏。

事情好像进入了有点危险的境地。但是一个念头稍稍救了我：不要把现实和想象混为一谈。当我意识到自己是在想象，就会努力保持清醒，告诉自己：接下来的这些画面和感受都不是真实的，它们不过是想象力的产物，和一部电影差不多。我不会真正地经历它们。

于是，我偶尔也会满怀信心和希望地想，也许生产这件事也是如此。最糟糕的那些情况，即使会在现实中发生，目前也不过存在于想象之中。我为什么要从现在开始就承受它们带来的痛苦呢？说不定，人们说的"痛不欲生"这个词，不是说痛到不想活了，只是说"好痛啊好痛啊，不想生孩子了"？

因为疫情的关系，我已经有很多年不必面对坐飞机这个选项了，然而生孩子这件事，又那么像坐飞机：一旦启程，便没有任何退路可言。特别是现在，当我坐在床上的时候，肚子就隆起来，变成一张小桌板，可以承受一杯浓缩咖啡，一块小蛋糕，或者一个桃子。（这趟航班上不提供酒精，真是可惜。）伪装成空姐的护士小姐推着小推车，在狭窄的过道走来走去。一个说：葡萄糖水！您是餐一（血糖）还是餐二？另一个说：脐带血，脐带血有没有需要了解一下的？

如今，飞机还有十五分钟的样子就要降落了。高度不断下降。"空姐"们把小推车收起来，监督大家把胎心监护带绑好。机舱里传来温柔的声音："我们的飞机就要降落了，请大家打开遮光板，调节座椅靠背，收起小桌板。"

现在我的小桌板上没有咖啡、蛋糕和水果了，也快要被收起来。我就把无处安放的手放上去。

啊，怎么说呢？感觉有一点苦苦的，竟然也有一丝丝甜蜜。

请帮我拍一张照片

该拉的窗帘都拉上了，房间像子宫那样暗。

"你帮我照一张照片吧。"我躺在床上撩起衣服，对我的丈夫说。

男人显得有点吃惊。他的妻子自怀孕以来，仿佛从人类变成一台陷入故障的机器，向他发出的指令常常是"帮我加点水""帮我拉伸一下小腿后侧"或者"陪我去晒十五分钟日光浴合成一下维生素 D 吧"。不仅如此，这台机器身体和心灵的各处还会随时亮起闪烁的红灯——虽然产品说明书上什么也没有写，但是男人一看到妻子的脸就什么都明白了——如果不及时处理的话，她就会立刻原地爆炸，变成一堆废铜烂铁。

不止一次，他看见妻子用十分诡异的姿势从沙发上起身：先是从正面滚成侧面，用手腕和手肘关节一起发力支撑起上半身，再一个弓步让自己站起来，看起来完全就是用咏春拳和沙发打了一架。不知道是不是错觉，他们偶尔一起散步的时候，他听见的不再是妻子随口哼的小曲，而是她的骨骼发出的"咯吱咯吱"的声音，或者某种沉重得不像女人发出的呼吸。再去牵她的手，简直像握住一块日光下暴晒过的铁。她从一个柔软的人类，变成一台滚烫的、残破的机器。她的温柔和幽默，就像是曾经让机器保持润滑、聪慧的油脂一样，逐渐干涸，或者蒸发到他看不见的地方。

怎么会这样呢？这位丈夫显然不怎么想得通。这个孩子不在他自己的肚子里，他心中的柔情蜜意都快要泛滥出来。好吧，他得承认，前几个月可能还没有什么感觉，只是家里多了一个得了"慢性肠胃炎"般时常呕吐的妻子罢了。但如今，小婴儿的衣服寄来了，鞋袜寄来了，由他亲自塞进洗衣机，又挂在阳光下晾干，事情就变得具体多了。他逐渐可以想象这个孩子从袖管里伸出拳头来的样子，那么那么小的手，连抓住他一根小手指都费劲。再后来，婴儿床也送来了，由他亲自组装，放在妻子床边——啊，白白的小小的栏杆，他逐渐可以想象这个孩子在里面吱吱哇哇的样子，像一只幼猫，又不完全像。

想到这里，他把家里早已成年的公猫抓过来，夹在腋下。孕妇学校的资深护士是这样教他们的：用一只手托住宝宝的头，夹在同一侧的腋下，另一只手就可以腾出来抚摸和清洗孩子的头发。水温控制在38~40摄氏度，室温控制在26~28摄氏度。数字什么的，男人也可以记得非常清楚。在场有五个爸爸，他的表现应该算得上非常不错。再加上回家可以用猫练习，以后洗起孩子来必定是如鱼得水了。他不禁欣喜起来，还有一个多月，孩子就要出生，他终于可以派得上"真正的用场"。手里的猫也舒服得闭上眼睛。而他的妻子，只是靠在床上，斜睨着他，脸上挂着似笑非笑的表情。

太可怕了。他想。虽然也不是最近才有的事，但是他真的越来越不知道妻子的心情到底是依据什么转换的。

"你就帮我照一张照片吧。"我认命一般，和我的丈夫说。

离预产期只有一个多月了，在今天之前，我一直都以为自己是一个幸运儿。幸运这种事，当然是和所谓"不幸"相对的。在产科的走廊里，你可以看见各式各样的孕妇，有时也可以看见她们的丈夫，然后顺便文明地想象一下这两个人生出来的孩子会是什么样子。然而到了诊室内部，一切都变得粗暴许多。到了三十三四周以后，孕妇们需要每周做一次"胎心监护"。具体来说，就是每人一个机位，在肚子上缠两条绑带绑住两个仪器探头，一个测量胎儿的心跳，一个测量子宫的宫缩。如果在二十分钟之内，胎儿的心跳在平缓之余有三次加速，也就意味着孩子的状况良好，没有缺氧。

在这个家属禁入的地方，孕妇们围坐成一圈，肚肚相觑。我的意思是，大家都掀开了鹅黄的、粉红的、浅蓝的、动物纹的宽大衣裳，露出了平滑的、坚挺的、松弛的、布满纹路或乌青的巨大肚子，就像是圣诞节礼物的外壳被掀开，露出了里面伤痕累累的纸板箱的样子。我看到许多年轻的女孩，脸上还很稚嫩，肚子上却长满了紫红色的妊娠纹，不免让人怀疑她肚子里的这个礼物是从南半球一路颠簸，经历好几轮暴力摔件才到达这里的。而我的所谓"幸运"，根本不是什么大事，不过是在今天以前，我的肚子仍然像一个光滑的鹅蛋一样，没有长出任何纹路。

"你根本无法想象，这里面是怎样的场景。"我艰难地从包里摸出手机，发信息给我的丈夫。一个护士捧着平板电脑走来走去，检测着肚子里的状况，另一个护士时不时拿一个小仪器在一些肚子上按压几下，发出电流滋滋的声音。我逼迫自己把注意力集中在这两位护士完全不同的发型风格（一个头上插满了红色的古风钗子，一个绑着一根灰色的运动发带），以此来压下心中隐约涌现的奇怪感觉：根本就不是女人身上长了一只肚子，而是肚子身上长了一个女人。其他的器官和部位通通都为这个肚子服务——大脑用来意识到它的存在，双腿是为了它的移动，双手是为了给予适当的爱抚。多么美妙，多么重要，多么聪慧，多么膨胀的一只肚子！在两性之中，选择了更柔软也更坚强的女性为它奉献自我。

"一定很可爱吧!"我的丈夫满怀童真地说，"你想想，小宝宝们说不定正隔着肚子交谈呢。"

我的丈夫温柔体贴，哪里都好，可惜是个男人，无法理解我眼中的可怖。

"你就帮我照一张照片吧。"

这个男人听见妻子的请求，第一次感到两人的心灵密切地贴合到了一起。在他们彼此的人生中，在如此重要、温柔、甜蜜的时刻，怎么能不拍一张照片来留念呢? 更何况，他远在欧亚大陆另一端的家人，也十分渴望见到这个孩子——即使是他还未出生的样子。

他温柔地看着躺在床上的妻子。她躺在凌乱的被子和枕头之间，看起来有一点疲惫。但是这种疲惫仿佛也让她的身体柔软、脆弱一些，不那么像一台机器了。

该拉的窗帘都拉上了。他的妻子撩开衣服，露出一点点羞涩的表情——真是很久很久，没有这样的时刻了。

男人拿出手机，为她拍下孕期第一张照片。紫红色的妊娠纹，已经爬满了她的半个肚子。

会是人生最后一个假期吗？

"有恶龙的那种可以吗？"

"要很坏很坏的恶龙才可以。"

"绝对是小孩一看到就会产生心理阴影的那种恶龙。"

"那好哦！"

距离预产期只有一个月，我和阿尔迫切地感到需要赶紧再做一点成年人才能做的事。我们想破脑袋才想出几件目前来说合法的：熬夜，喝啤酒，看昆汀的电影，去酒店开房间，以及去居委会投票选下一届居委会主任。但毕竟我现在是一个病入膏肓……哦不是，是一个孕晚期的孕妇，这仅有的几个选项，又硬生生被划掉好几个。一个吸烟酗酒的孕妇，那也太不像话了，怎么看都只会让人觉得幼稚、不成熟。一个熬夜开房间的孕妇……这不能播。而居委会也丝毫没有要换主任的意思。我失望极了：思来想去，我现在能做的属于"成年人"的事，竟然只有上班而已。

没错，如今我的肚子已经显著到大家见到我都纷纷感叹："你怎么还在上班呀！"但我确实仍然在上班。再加上这个毒气室一般令人窒息的夏天，让上班这件属于成年人的活动，又平添了一分属于成年人的辛酸。

一位已经生育的同事在走廊与我擦肩而过的时候，轻轻叹了一句："孕晚期碰上暑假班，真是……"我在心里接话："生不逢时？"

但是怀胎十月，谁都难以彻底逃脱炎炎夏日。我默默看这位同事的朋友圈：上班，带孩子，做面包甜点，还要参加崭新领域的培训课。

这个夏天实在太热了。人人都在看着天气预报等风来，等雨来，我天天看着日历等下班。这一次下班，可以 158 天以后再上班，但要说其中真正的"假期"，只有小婴儿出生之前的那一段。

我和阿尔像两个大学毕业生，又兴奋又伤感，不知如何度过人生最后一个暑假。

阿尔重启了积灰的游戏机，在折扣专区翻来找去，找到一个又暴力又血腥，又不那么费时间的游戏。刚好一个月左右可以通关的程度。我看了一眼，又是骑士故事，拿一把古老的剑，在充满丧尸的国度里砍砍杀杀。氛围阴暗，音乐恐怖，随时有血飙出来，但分明就是一个小男孩的梦。在平台上下载要足足七十二小时，胜在和直接买游戏卡带相比劲省百分之四十。似乎又是成年人务实的部分。我忍不住摸一摸阿尔的脑袋：我的好大儿……不是，我是说，你一定可以做个好爸爸。

阿尔说："这世上许多许多好妈妈，太难得有好爸爸。我有点不相信我能做到。"

我说："我相信的。"

阿尔又问："那恶龙……小孩几岁的时候，可以和我一起打恶龙？"

我反问他："为何什么事都要问我？"

阿尔说："因为你不是要成为一个妈妈，你是要成为这个家的神。你要讲所有的道理和规矩，只有你自己可以不遵守它们。"

真要命。这个人不相信自己会成为好爸爸，却相信我能成为神。

我突然想起之前教过的一个小男孩。那孩子只有四岁半，问他几点起床几点睡觉通通都说不知道，只跟我说:"妈妈开了灯我就起床,妈妈关了灯我就睡觉。"这样看来,妈妈确实是家里的神。妈妈说要有光,才有了光。又突然想起经典韩剧里妈妈们的造型——短卷发,盘腿坐,洞悉一切但又不说清楚,总是在关键时刻挺身而出——完完全全就是释迦牟尼。

我当时觉得可爱极了,真实极了,现在觉得可怕极了。因为阿尔说得没错,妈妈就是家里的神。真要命!这个世上的好爸爸尚未有一个雏形,这个世上的好妈妈却多到可以互相叠加塑成一座千手观音。

真要命!为什么神本人(似乎)是男的,但人世间最具神性的一个角色,偏偏要落到母亲头上?如果一个人真的成了神,还能做一个人吗?我是说,如果这个人恰好是我,我可以脆弱、逃跑、出轨、发疯、生病、离家出走、神经质……让我们把话说到底,我可以——死吗?

妈妈当然会死,就像所有人一样。但是妈妈当然是不能死的。因为妈妈就连被动的死亡,都像一种主动的遗弃。

这个世界上最严重也最轻易让人想起的一句话,就是"你妈妈不要你了",无论这个妈妈实际上到底做了什么:去幼儿园接你的时候迟到了一次,忘记准备午餐,放开你的手快走了几步,离婚,爱上别人,出差,在你吃冰激凌的时候看着天上的云发呆。

这便是她，一个跌落凡间的妈妈。

现在正好是距离小孩预产期一个月左右，阿尔刚拿好学位还没入职，我则快要休产假了。我们彼此都知道，这是我们在进入三人世界之前最后的机会：不想做大人便不做大人，不想做孩子便不做孩子，不想成为神便不成为神。

有一天我们正吃着早饭（如果你想知道的话，我的早餐常常是一个自制火腿三明治和一杯自制拿铁玛奇朵，阿尔的早餐一般是甜饼干和浓缩咖啡），总而言之，有一天我们正吃着早饭。我和阿尔说："这的的确确是我人生最后一个假期了。"

阿尔，可爱的阿尔，他压下心中所有怀疑、悲伤和焦虑，立刻活泼地回答我："怎么会！你可以放心把孩子交给我，只要把奶挤好，我可以把奶瓶挂在我的胸上……"

我摇摇头。

我不知道你的假期是什么，我的假期就是"不被任何人需要"与"随时可以离开"。

事到如今，没办法了。

还未出生的小孩，我永远是你的妈妈。听起来几乎是一个威胁，但这就是"你永远无法摆脱的"，与"我永远无法撕去的"，纠缠。

这将是一次预谋的分离

医生像挑西瓜那样摸了摸我的肚子：五斤八两了！可以生的！

我躺在床上如梦初醒：可以生吗？……

医生又拍拍我：那你到底生不生啦？

就仿佛我的肚子真的是一个西瓜，而他在问某个顾客：那你到底买不买啦？

我的产科医生看起来非常像卡通版年画上的人物（很可能是关二爷），尤其两个眉毛，长得像两柄大刀。左一刀，右一刀，不做外科手术或者不去杀猪都有点可惜了。我选择这位医生，却并不是因为他脸上长着两柄大刀，而是因为他很爱笑。我做完大排畸检查去找他，一进诊室就说 B 超医生讲我肚皮太厚看不清宝宝。这位医生立刻和旁边的助手一起大笑起来。

我和医生两个人，总要有一个能笑出来吧。我是这么想的。

毕竟爱笑的医生，技术不会太差。我还这么想了一下。

在那之后的产检都非常顺利，医生翻看了一下我的数据，便信心满满地说："不错！这个小孩好的！发育得非常标准！"我问他检查本上贴着的"高危5分"是因为什么，他又毫无遮掩地转头对助手说："是不是因为她年纪大？就是因为这个吧？对的，没错！是因为你……"

"年纪大。"谢谢，我听到了。

于是在第36周的这一次例行产检之前，我就诊的心情都十分放松。坐在走廊里看着别的孕妇，甚至油然而生一种淡淡的"过来人"之感——只要我偷偷瞄到别人的检查单，就大概知道对方现在到了哪个阶段：胎心监护单，那你跟我一样快毕业了哦；NT单啊，后面的路还长呢宝贝！这种感觉我称之为"小学六年级综合征"：自己明明幼稚得要死，什么真正的困难都没经历过，什么社会的毒打都没挨过，却因为临近毕业，对低年级产生了一种居高临下的感觉。

什么？你还在背"莲叶何田田"啊？我们六年级都背到《陋室铭》了哦！

但是我毕竟不是一个真的小学六年级学生。我知道后面要背的还有《春江花月夜》和《离骚》。

我高中同学们的孩子大多有六七岁了，已经到了要为奥特曼卡片氪金的年纪。稍稍晚育一些的朋友则发来消息安慰我：没事的，熬过第一周就不痛了；熬过第一年就能活过来了。

好的，我知道了。然而我这个"小六生"还在想怎么熬过骨开十指的第一产程。

我想象等我这周真正开始休产假，可以每日去大自然里待上两个小时，散步，听音乐，疗愈自我；回家路上先去吃个麻辣烫解解馋，再吃个冰激凌解解辣；晚上在丈夫轻柔的背部按摩下睡着，啊，长长地睡一觉……然后，说不定我是那种只感到经痛就开了两三指的幸运儿，到医院便能打上无痛……

这时医生打断我的幻想：要不然你过两周就过来住院吧，我们有计划地把孩子生出来。一边说着，还一边在自己的记事本上写写画画，看起来不是开玩笑的样子。

我是真不知道计划生育还能计划到这个地步。

医生又咧嘴一笑：到时候我帮你催产哦！

啊，我和医生两个人，是不是只有一个人能笑出来？我下意识地低头。因为我好像看见一把写着"催产"的武士刀在我面前直直劈下，那所谓"一个月最后的假期"被劈得粉碎，落了一地。

一切都变得更加紧迫起来。婴儿床是搭好了，床笠还没有买；小孩的中外名字（几乎）是选好了，还不知道用哪个可以上户口；新生儿的被褥，到底是用纱巾，还是用睡袋？没有奶水的话，要用什么奶粉？

有无数事务等着我们去解决，有无数的坑等着我们亲自去踩踩。阿尔看起来斗志昂扬——这意味着他要提早见到孩子了，而我的体力和心情却跌入前所未有的谷底。毕竟假期没有了，催产也是人间酷刑，会让产妇异常痛苦。这不能不说是对身体和心灵的双重打击。

周六，我上完最后一天课，和我的学生们道别：大家再见哦，为师要去打另一份更艰难的工了。之后，便昏天黑地地睡了整整三天。

这样的睡眠（在对婴儿有了一点点了解以后，实在很难称之为"婴儿般的睡眠"），我好像只有在大学考试周结束以后才拥有过——考完最后一门课，整个寝室的人都把手机关掉，把窗帘拉上，把电源拔光，就这样昏天黑地地睡，睡到真正的自然醒。我就这样睡了三天，睡梦中感觉肚子又变得柔软、松弛，睡到怀孕的感觉仿佛消失。偶尔我醒一下，进食，催促阿尔去做婴儿看护攻略，然后又沉沉睡去。

蒲松龄写过一个故事：有一个村妇容颜不老，被村民捉起来当妖婆是问。村妇不解道，但明明，你们都是我梦中人物，我在梦中游历此生，又如何会老？

梦中的阿尔把我摇醒。他说：我考考你！小孩突然哭起来，会是什么原因？

我闭着眼睛就想再次睡去。不是吃喝，就是拉撒，别的我不知道！

阿尔继续质问我：你现在怀着他，难道不难受？等他出来，你就……

我迷迷瞪瞪：只要他不长大，只要我能一直在睡梦中……

怀胎九月，我好像已经习惯了这个巨大无比的肚子带给我的感觉。就像在摇晃、狭窄的火车卧铺上，一个孩子没有买到票，只能贴身睡在你的怀里。开始的时候，会觉得有点难受。再后来，就变得可以忍受。只要不常常变换姿势，我们似乎可以一直这样躺下去。

我突然意识到，父母与子女的关系就是如此：彼此都需要牺牲一点自我，以获得一个稍稍舒适的姿势。但是当你刚刚习惯了这个姿势，事情就又会产生变化。因为天底下原本就不存在长不大的孩子——除非是母亲本人牢牢地把他按在怀里。

孩子长大一点，母亲的肚子便要跟着大一些。孩子要拥抱世界，母亲便要忍受阵痛与分离。

而分娩，不过是这一切的一种明喻。

阳台的纱窗上趴着一只蜘蛛，已经两个星期了。到处都没有见到它织的网。我忍不住用眼神质问它：怎么，就凭运气活着吗？

这时阿尔端来晚餐，踩住我的脚，揪住我的胳膊，一鼓作气把我从沙发上拎起来。睡醒了，起来了，可以吃饭了。我一边把食物塞进嘴里，一边莫名感到这整个流程有一点点熟悉——或许，你们用过那种踏板式的垃圾桶吗？一脚踩下去，就会让盖子弹开，然后可以把东西扔进去的那种。

没有想到，怀个孕而已，体验竟然那么跨界。我现在不仅能和海象、火山、蟒蛇和水煮蛋深深共情，还能和踏板式垃圾桶心心相印。

我不禁有一些害怕。要是再这样无限怀孕下去，我迟早就要成为"一切"的投射，最后甚至亲身体会地球的结构（比如我是布满植被的地球表面，而胎儿就是炎热的地心）、宇宙的起源（比如大爆炸什么的）。

纱窗上的蜘蛛似乎感知到了什么不得了的东西，麻利地往旁边爬了几步。当然，它什么也没说。

孕晚期的晚期，所有症状一起出现，仿佛大 boss 出现前的一场乱斗。肚子越发沉重，绷着皮，扯着肉，牵着神经。我的腰背已经负担不了它了，走一会儿便要坐，坐一会儿便想卧，躺下还得是侧卧（不然有可能会引起胎儿缺氧），睡得一会儿左侧半身不遂，一会儿右侧半身不遂。胳膊麻了，陈年的肩周炎、颈椎病也跟着一起来。把枕头垫低一点，胃酸又立刻倒流上来，一路烧到喉咙里。还有那股不知哪来的燥热，让人忍不住在本该凉爽的夜里想起加缪的名言："我的身上，有一个不可战胜的夏天。"

我当然不是不想做一个加缪。不是，我是说，我当然不是不想做一个元气满满、神采奕奕的孕妇。我甚至还去上了孕妇学校组织的瑜伽课。只不过对我这样缺乏意志力的人来说，上瑜伽课就和上自习一样，坚持下来完全是为了顾全面子。教课的小姐姐本人便是产房里的助产士，在课程结束的时候让大家随意提问。有人问要不要买吸管杯，有人问导乐的价格……都是一些不痛不痒……哦，主要是不太痛的问题。我举起颤抖的手：那种比较虚的人，会不会生到一半生不下去？

在小姐姐愣住的那几秒，一位场外的阿姨（应该是其他孕妇的家属）立刻抢答了：到时候你很难受，一根筋吊着！不想生也得生啦！有什么办法！

阿尔揉了揉我的肩膀以示安慰，我拉住他的手放在了自己的腰（子）上。阿尔给我一个甜蜜的充满爱情的微笑，他不知道我实际的意思是：看来这一把，真的只能靠肾上腺了啊。

在家待产的每一天都很是煎熬。肚子沉重，心情也沉重。

阿尔早早整理好了去医院的行李：一个箱子装住院用品，一个袋子装"产房特需"。那也是我第一次打开网上买的懒人待产包，发现里面赫然是一堆纸制品：产褥垫、安睡裤、产妇卫生巾、棉柔巾、云柔巾（这两个到底有什么差别）、湿纸巾……那一包包的纸，就像沙袋一样垒在一起，让人轻易想到山洪暴发、泥石流、海水倒灌。而在极度的焦躁之中，我的承受能力变得更弱了，我的联想力竟然变得更强了——我在这些人间的画面中仅仅停留了一会儿，便直接在脑海弹出四个大字：

"女娲补天"。只不过届时要补的就不是天了，而是我身上一个窟窿，一个"血丝糊拉"的窟窿。到底是谁说的，生孩子让女人更"完整"？谁能给我"翻译翻译"，这窟窿不是更大了嘛，到底哪里"完整"了？

生也痛苦，不生也痛苦。我迈着我的企鹅步，在对生产的恐惧与对"解脱"的盼望之间来回摇摆。一般这种时候，要表现某个人正在进退两难之境挣扎万分，往往会有一个动画技师在他肩上分别画上天使和恶魔。两个小人就事论事吵一顿，也就能得出个结果了。可我仔细看看我两个酸痛的肩膀，一边是恶魔，另一边竟然也是恶魔。一个恶魔夹紧双腿：生孩子太可怕了，到底怎么办啊！另一个恶魔跌坐在地：但是不生出来，我也没法带着这个肚子如此活下去……

事情就是这样的：你以为会由一个好消息抚平一个坏消息，但往往是一个更坏的消息抚平了这个不那么坏的消息，一个更大的焦虑掩盖了这个不那么大的焦虑。

为了让自己的心情无论如何都能被抚平一些，我不停地翻阅社交网站上别人的生产日记，想以此达到"脱敏"的效果。结果看得多了，竟然逐渐有了一种看火锅菜单的感觉：锅底依照轻重缓急有顺利的顺产、不顺利的顺产、顺利的剖宫产和不顺利的剖宫产；调料台有侧切和撕裂（按辣度有一级、二级或者轻微、重度之分）；挑战区有催产针、塞水囊和压肚子；贵宾区有无痛针和一体化产房……

一篇典型的生产日记往往是这样的标题：超快顺产！无侧切！轻微撕裂！

挑战区的内容往往是这样的：催产三天！喜迎虎崽子！

贵宾区的体验往往是这样的：××保一体化！真香！

而评论区，都是在火锅店门口排队的。可能是实在太饿了，都拿着碟子在说："接！"

我也不知道自己有没有成功"脱敏"，但显然应该是脱离了理智。这篇胡言乱语、毫无文采可言的日记大概就是佐证。

好啦！这周五，就是我怀孕的第 39 周 +0 天。我和医生约好了，如果这一天孩子还未出生，就直接办理住院手续，上"挑战台"。

不出意外的话，下周就要见面了，小陌生人。我们都会经历好奇怪又好复杂的一段旅程，然后，就把其中的痛苦全部忘记。

育　　儿　　日　记

婴儿的脸 [1]

　　我很快就会成为父亲。我和我老婆已经准备好了迎接孩子的所有东西——至少我们希望是最必需的东西。顺次，我们先买了一个二手的提篮，为了把婴儿接回家去（因为是一个最多可以用六个月的物品，二手保护环境又省钱）。接下来我们买了一张换尿布台，一把北欧建筑师设计的红色的宝宝餐椅，好几件小裙子以及许多神秘的小东西，关于它们的功能我也不太清楚。然后，我们的好朋友送给我们一张婴儿床、一辆婴儿车和更多更多的小衣服。

　　在过去的几个月里，这个由小而奇怪的物体组成的海潮慢慢地淹没了我们的家。换尿布台漂流到客厅里，

1　本篇为乌冬丈夫阿尔所写。——编者注

晚上它像一条老船的残骸一样陪着我们的电视。日复一日，它吸引了无数的物体，像五颜六色的珊瑚一样堆积在它身上。先到的是婴儿的床单，它们都洗过但仍被放逐，组成了棉布的珊瑚礁的海底。在这样的海底，小裙子、小帽子、带有幼稚图案的毛巾、婴儿奶瓶、尿布包立刻扎根发芽。在鼎盛时期，换尿布台及其丰富的"植物群"将街道与窗户的光线隔绝开来，为欣赏下午电影创造了理想的环境。

婴儿床平静地在卧室里靠岸。它占据了床和窗户之间的空间，看起来就像一个刚好适合它的天然的海港。它还在那里，被夏末的微风吹拂，等待其合法主人。很快，和换尿布台一样，婴儿床也成为一种非常特殊的植物与动物的栖息地。猫咪，最狡猾的动物之一，被床的凹而柔软的面貌所吸引，于是它选择了婴儿床作为其午睡的窝。为了防止猫咪用毛填满婴儿床，我们决定让那张床尽可能不舒服。于是，我们用各种各样的枕头、娃娃以及最硬的、最棱角分明的东西填充它。结果它成了一个可怕的由纸、羽毛和棉花组成的钟乳石。

宝宝餐椅却是悄无声息地来到了屋子里，仿佛被一股柔和的水流带来。已经有三个多月了，它躲在一个书柜后面等待被灰尘完全盖满。

在我们家，我负责秩序，我老婆负责混乱。上周我突然意识到整理房子并为婴儿的到来做好准备的时间到了。所以我开始了家里的考古工作。首先我出土了婴儿床，然后是换尿布台，最后是高脚餐椅。

尽管文化和教育取得了世俗的进步，但为未出生的孩子准备巢穴的原始本能仍然存在于我们内心最深处。人类的大脑为了思维用的逻辑仍然非常相似于燕子或兔子用的逻辑。然而，对我而言，整理东西还有另一个价值：整理是一种精神锻炼。

无论是具体的还是抽象的层次上，整理都意为占用某个空间或时间。之所以人类能够控制大自然，就是因为人类迫使它受我们的秩序与和谐所支配。于是，在我们看来，这个世界，至少是我们日常接触的那个世界的部分，似乎在我们的控制之下。这非常使人安心，因为我们都在某个程度上害怕未知者，也就是无序者。

在我而言，为婴儿的到来准备巢穴也是管理我生活的变化的一种方式。整理使我认为我能够控制自己的生活而且使我平静下来。众所周知，冷静的思考和行动都是更好的。

前几天，我把所有婴儿的衣服和毛绒玩具洗了且放好在抽屉里。然后我清空换尿布台并准备好婴儿床；当然我用一件毛巾盖住它，这样猫咪不会把毛掉在干净的床单上。最后，我掸了宝宝餐椅上的灰尘，并且使其高度适合新生婴儿。一天的工作结束后，我坐在宝宝餐椅前的扶手椅上，欣赏着疲惫的果实。我双腿交叉，手里端着一杯茶。于是，当我像便衣和尚一样端坐时，我正在看着宝宝餐椅。

起初，我全神贯注于一种纯粹的审美观察：午后的光线反射在涂成红色的木头上多么美丽！枕头刚刚洗过并在阳光下晾干多么香！这种秩序散发出多么完美的平静！然后，我试着想象我组装和清洁那堆木头、塑料和布的原因：我未出生的孩子。我试图想象出 ta 应该会是什么样子。ta 坐在那把宝宝餐椅上开心吗？ta 会穿什么样的衣服？ta 会有什么嗓音？ta 的脸到底会有什么样的面貌？

我无法想象出来任何事情。尽管最近几个星期一直都在为 ta 整理房子，即使最后几个月都在准备和学习，我还是无法想象出 ta 的样子。我孩子超越任何我能够想象出来的序列。尤其是 ta 的脸。ta 的脸是一阵混乱的须臾，打破了我准备的所有秩序。

并且这让我充满喜悦。

　　九月二十四日，我带着四天的女儿出院了。如今医院的效率就是如此之高，手术后的病人也都是三四天便出院。只要没什么大事，三四天总能出院的。去年我陪妈妈做了肺部的手术，今年轮到我了。当然，原本是没有做手术的打算的，只是我对催产素太过敏感，产程过快，宫缩的过程里孩子的胎心一直减速，保险起见就拉去做了剖宫产。

　　"顺转剖"一说出来，人人都心疼我遭了两遍罪。只有我自己知道，手术室的麻醉剂简直救了我一命。再疼下去，不仅胎儿缺氧，我自己也要窒息。医院的待产室是一座粉红色的地狱，因为再剧烈的疼痛也都被视为常规。毕竟是生孩子，哪有不疼的？不仅如此，产妇们还必须忍耐这种疼痛，不能张牙舞爪，不能大喊大叫，只能把注意力放在自己的呼吸上——好似某种神秘的疼痛瑜伽。

在那样痛过以后，我对大自然产生了别的看法。我开始怀疑一切绚丽、欢乐之下都有残酷的事情在发生。来接我出院的朋友送我一束粉色、粉紫色的康乃馨。阿尔把它们插在花瓶里放在我的床头。第二天我扭头看见它们绽放，看见它们露出了自己娇嫩的褶皱，我就突然又感到了那种疼痛：花开的这一夜，不知道它们是如何度过的。

车子开到家楼下，爸爸和大表姐站在路口等我。老小区新加的电梯太小了，零零散散几个大人，两只行李箱加上一个婴儿，分了三批上楼。大表姐挽着我，我挽着我肚子上的刀口，又把"顺转剖"几个字拿出来说了说。大表姐人很好，也懂育婴知识，但是我知道她此行的目的不仅仅在我。

到了下午，我喝了小米粥，在床上打盹。又有两三位表姐赶到家里来。这两位表姐最会活跃气氛，只要有她们在，便没有冷场的时候。小婴儿兀自睡着，浑身能露出来的部分都被夸了一遍。再后来，就连"睡着"这件事也被夸了又夸。

客厅里更大的大人们在讲话，留下一位表姐握住我的手。她的话很多很密，来来回回，像一张网。我被兜起来，放在八千米的高空。

很久没见的舅舅也来了，看了一眼小人，说："小人就是要好好困觉。"

舅舅说不来普通话。或者说，舅舅的普通话很有自己的风味。早些时候，大概是我女儿出生的第二天，他在亲戚群里面发了一张我妈妈的照片，说："我妹妹身体很大。"

舅舅的妹妹，就是我的妈妈。在我去医院待产的那个凌晨，又因为胸闷气急进了急诊抢救室。他们合力瞒住了我，让我安心生下女儿。

这样算起来，在那个惊心动魄又无比常规的夜晚，我们母女三人，竟然都同时在缺氧中挣扎。

我是在九月二十一日下午两点半接到急诊室电话的。爸爸回家给妈妈煮汤，不小心打了个盹，没接到医生的"传讯"，电话便打到我这里来了。三个月前，妈妈因为肺栓塞入院的时候，就是留的我的这个电话号码。

医生明晃晃地说：你是她唯一的女儿吗？你在外地吗？你妈妈这三个肺病，样样都是致命的。她现在要插管进 ICU 了，不知道能不能出来的，你知道吗？

我打了一个电话给爸爸，没有接通。也不怪他，这几天大概都没睡。医生的电话接不到，没理由接到我的电话。

我打了一个视频电话给妈妈。我们极少极少会打视频电话。即使是我在外读书的时候，最多也就一周煲一个电话粥说说近况。那时候离这时候好像没有过去多久，那时候妈妈还很好。不对，直到一年前，妈妈都还很好。

但是我想，再不打视频电话也许永远见不到妈妈了。不是一定会这样。我觉得一定不会这样。但是……

我穿着粉色的病号服，妈妈穿着蓝色的病号服。我这里，是粉色的地狱。她那里，是蓝色的地狱。视频里的妈妈戴着氧气面罩，看起来像在外太空旅行。因为离地球太远的关系，说话有一点听不清楚。我立刻让阿尔拿着手机去拍小婴儿的睡颜，我听见妈妈马上爽朗地笑起来。

妈妈比我更喜欢孩子。

妈妈，其实我决定生这个孩子是因为……妈妈。

十月怀胎还是太慢了吗？我的产程还是太长了吗？妈妈生病的事，之前一直瞒着所有人。这次真的瞒不住了。比较直接的原因，是因为 ICU 不能带手机。妈妈不能用她轻快的语气、玫瑰花和大拇指骗过所有人了。

我听见舅舅拿出什么东西要给爸爸，说是自己做的，放在枕头下辟邪用。我躺在床上，想派阿尔去客厅听听他们在说什么。但是阿尔这个外国人，听普通话都费劲啊。

近处的表姐握着我的手说：照顾好自己和宝宝，就是在帮爸爸妈妈的忙了。

我转头看我的女儿，在婴儿床里睡得那样香甜。但是我怀疑大自然，我怀疑一切欢乐和安宁背后，都有很残酷的东西。

表姐们走了以后，爸爸也走了。留下阿尔，我，还有我出生几天的女儿。我下载了一个记录宝宝生活的软件（里面除了吃喝就是拉撒，真是令人艳羡），软件上面会写宝宝已经多少天了。这样我便也知道，妈妈已经在ICU里靠镇静剂待了多少天。

还好，小婴儿的作息打破了天数。我和阿尔的新手爸妈生活，从重新分割24小时开始。小婴儿每两三个小时醒一次，醒来就咂巴着嘴找奶喝。前几日我的刀口还在疼，自己翻身、起身都有点困难，我们三个人，便从此过上一种连体婴儿般的生活：阿尔帮我把"体位"

摆好，再把小婴儿吸吮的嘴巴摆好，我们仨便进入喂奶模式。等真正的小婴儿吃饱喝足、香甜入睡以后，我们两个假婴儿才能稍微活动一下，比如（轮流）吃一点饭，听一点广播，做一点工作。

九月二十六日，我真正地号啕了一次，竟然不是因为妈妈，而是因为小婴儿吃了一小时半的奶，还是没吃饱。我的乳头实在太痛了。

我对着阿尔大喊：快点给她冲点奶粉！我受不了了！

阿尔对"快点"这个词很是敏感，也急起来：热水烧好也要时间吧！没法再快了！

不过晚饭以后，我们便又互相道歉和好。阿尔拿了一把椅子放在浴室，说要给我洗头。我没想到他连头部按摩都学得像模像样。我夸他很有洗头天赋。他说：谢谢你哦。你住杭州很久了吗，读书还是工作？

洗完头，我才觉得自己又像一个文明人了。

我想起两个月前妈妈住在我们家养病，我给她吹头发。她前面的头发是白了（去年生病以后就没有染），但后脑勺的头发仍然乌黑亮丽有韧劲。

我的头发也是这样，我女儿的头发也是这样，很粗很黑很多。

整个孕期我都以为自己怀的是个小男孩，没想到是这么小一只娇滴滴的小女孩。早些看到她，我可能那天晚上都不舍得在宫缩来临的时候那么用力。

助产士一直在我耳边说：要把氧气吸进去，宝宝还在肚子里，要记得呼吸啊！

妈妈，我还在这个世界上。你也要记得，把氧气吸进去呀！

我的女儿长得和我很像，也就是和你很像。

你们一定要认识一下啊，妈妈。

尿渍、奶渍、泪渍

"坐月子"的第 22 天，我独自坐在一辆出租车上。风很大，从副驾驶的车窗里灌进来。我擦干眼泪，突然想起自己没有戴帽子。这下子，传说中初产妇不该做的事，都被我一项不落地做了一遍。

这也不能完全怪我。风，突然就变成秋天的风了。就像我最近的生活里发生的所有的事。而我只有夏天和冬天的帽子。

司机从后视镜看到我在哭，把燃油附加费从两块钱减到了一块钱。现在一块钱很难买到什么具体的东西了，居然还能买到一个陌生人的善意。当然，我想他大概能猜到为什么我在哭。因为他是在肿瘤医院附近接到的订单，要去肿瘤医院附近的康复医院，接一名尾号为2524 的乘客。

好消息是我的妈妈在 ICU 里待了二十天后，终于活着出来了。我们遵循医生的建议，将她转到一家康复医院。坏消息是其实我们别无选择。妈妈做了气管切开手术。她现在四肢健全、精神活跃，甚至可以说有一点怒气冲冲，但是喉咙里被开了一个洞，用几根塑料管连在呼吸机上。在病号服下面看不见的地方，还有几根管子，负责她的吃喝拉撒。妈妈的嘴巴暂时成为一个摆设，不能咀嚼，也不能说话了。啊，就和我刚出生一个月的女儿，是一样的。

我在去看妈妈之前，就知道这件事了。我甚至写了一个草稿，以便可以独自完成和妈妈的聊天。

该草稿如下：

妈妈，~~是我呀！~~妈妈，我们终于见面啦！~~你还痛吗？你还好吗？我好想你。~~

~~妈妈，怎么会这样啊。妈妈你受苦了。妈妈，你现在没事了。~~

妈妈，我和你说说小宝宝的事情好吗？

你看我的肚子~~没有~~子小了很多，宝宝平安出生了，~~都快满月了你还没见过她。~~

她特别小（比画），特别乖，大家都说她是天使宝宝。

106

除了想吃奶的时候醒一会儿，别的时间都在睡。哪怕在她床底下用吸尘器，她也不受影响。

你之前说我小时候就是这样的，看来天使的基因也是可以遗传的~~（笑）~~。

所以你放心，我和阿尔完全可以搞定。~~本来就不需要你帮忙的，你不要自责啊。~~

哦对了，阿尔特别开心。他真的很享受照顾婴儿这件事。我甚至都没什么机会给小孩换尿布。

我跟他开玩笑说，终于知道为什么要长那么长的手臂、那么大的手了。原来是要抱小孩用的呀！

（哈哈）

小朋友也很喜欢被他抱着。我想是很有安全感吧。

~~谁不想被爸爸妈妈抱着呢。我也想要你抱抱我啊，妈妈。~~

不过她也很搞笑、可爱，被爸爸一抱就开始拉屎放屁。而且她拉屎的时候会发出"噗噗噗"的声音，简直和卡通片里的配音一模一样。

~~有空让她给你拉一个。~~

哦，吃饭的话，我们请了钟点工阿姨来烧一顿~~，晚上就随便吃吃啦~~。

是你也知道的那个年轻一点的阿姨。她人很好哦，上

107

次还帮我们把冰箱清理了一下。

我也很好，社区医生说我的刀疤好了，子宫也收缩回去了。我很好。

~~但是你怎么变成了这样。~~

就是喂奶有一点点辛苦！她每两三个小时就要吃一次，~~所以我都没怎么睡，颈椎病也复发了。~~

不过这样才能长大嘛，对不对。

别的活儿都交给阿尔啦！阿尔特别好。~~可以说，他简直就是一个妈妈。~~

从草稿里不难看出，我删去了真正想说的话和会引起情绪波动的话，留下了不轻不重、不痛不痒的话，并且这份草稿很有可能经过阿尔本人的修改和润色，毕竟说他的好话占比有点太大了。

事实上，我确实征求了阿尔的意见和建议。虽然我这个人写东西絮絮叨叨，但是在现实里已经很久没有和别人倾诉过什么了。要把内心的独白说出来，对我来说是很难的。我的嘴巴可能也是一个摆设。

阿尔就不一样了，他平时是一台活的录音机。女儿出生一个月，他从录音机变成一辆装着录音机的冰激凌车，载着小朋友在家里呼啸而过。当然，也许是警车，又是消防车，有时还是洒水车。总而言之，是那种很吵的车。

有时我感到疑惑：一个成年人，到底是怎么找到那么多话和小婴儿说的？仔细回想一下，我感觉他其实和猫聊得也挺深。猫说：喵！他会接：那可不。

第一个月的小婴儿乖得很，总共没哭几声。阿尔这辆热热闹闹的冰激凌车已经编了几十首童谣：喂奶有喂奶的歌，洗澡有洗澡的歌，换纸尿裤有换纸尿裤的歌。（就像养猫人的家里，常常充斥着人类发出的猫叫。）每一首的曲调不同，歌词也是即兴的。我抱着女儿也想哼一首什么，哼得上句不接下句，这才幡然醒悟。阿尔这个人，其实是有很大音乐天赋的，只是唱得不怎么在调上罢了。也就是说上帝给他开了一扇窗，又把窗帘拉上了。上帝真是好幽默！

我向阿尔求助：我要去看妈妈了，我要让她高兴，我也要变成冰激凌车。坏消息是，那是我妈妈啊。她怎么会不知道，我并不是一辆冰激凌车。妈妈看到我，没有露出丝毫见到冰激凌车的表情。她指指我，指指我爸爸，露出不耐烦的表情，挥挥手让我们走。

我偷偷查过，有一种情况叫 ICU 谵妄症。妈妈觉得医生绑架了她，而签字的家属都是帮凶。但是我又相信，妈妈不是得了谵妄，只是受了太大的苦。

　　我坐在妈妈的床边，想起我的草稿。

　　"妈妈，我和你说说小宝宝的事情好吗?"我说。

　　妈妈闭上眼睛，转过了头。

　　于是事情变成了这样：我独自坐在回家的出租车上，风很大，天很晴朗。但是雨水一直不断地从我身上的各处，奔涌而出。

桂枝、桃枝、柳枝

妈妈死了。妈妈被装在一只黑色的袋子里，穿过等待急救的人群，送到太平间去。妈妈在那里，被做成一只蝴蝶的标本。

妈妈死了，我还活着。我看见自己走出医院，穿过马路，去买一块给她擦身用的小毛巾。我买了三块粉色的毛巾，一块蓝色的毛巾。殡仪馆的大叔说，你为什么要买那么多？然后选了蓝色的。我想他可能喜欢蓝色。妈妈死的前一天，ICU 的护士打电话让爸爸去买妈妈要用的湿纸巾。爸爸买了一大口袋的婴儿湿巾，可以用好几个月。护士同他说：你买错了，我要的不是这一种；而且买得太多了，只要两包就够了。我们都是这样想的：买得多一些，就用得久一些。

妈妈死了，但不是一下子死的。康复医院原来是一个谎言，并不是她可以康复的意思，而是已经没有治疗意义的意思。在管理松散的康复医院，起码最后可以见见亲人。我带女儿去见了妈妈，两次。病房的人说，要给她穿上袜子，以及不要带她来这里了。幸好我没有听。于是妈妈见到了我的女儿，两次。她们俩都不能说话，所以只握了握手。

那天我带女儿回家的时候，甚至有一点开心。空气中弥漫着桂花的香气，新闻里播报着赏桂景点大堵车的消息。阿尔说，在杭州赏桂，实在不必去景点的。他数过了，医院的停车场就有三棵桂花树。是今年最后的桂花了，香得那么义无反顾。那时我不知道，我的妈妈正在死去。

一个人的死亡，是可以被监测的。医生不断地打电话来说，你妈妈的血氧正在降低。一个人的死亡，也是可以被计算的。医生问，你家离医院远吗？如果要回家断最后一口气，要提前告知，留出时间。我问妈妈什么时候会死，医生说，她要走了，不是今晚，就是明天。我想起一个月前，在妇产科医院打上催产素的时候，医生也是这样告诉我的：她要来了，不是今晚，就是明天。

我在ICU门口的走廊上坐了很久，大概有两个小时。

我爸爸坐在十米远的一张凳子上。谁也不知道为什么那里会有一张凳子。但是我爸爸就是这样，他喜欢坐在凳子上，也总能找到凳子。妈妈见到的话，又会"喊"他一声。怎么会有这么懒的人！我和爸爸没有交谈，只是各自看着面前的地板流眼泪。妈妈躺在离我们十米远的某一张病床上，完全凭机器维持着她最后的呼吸。

现在我想，妈妈最初的葬礼，就是从那个时候开始。只有我们三人的，沉默的，难认的，不惊动旁人的哀悼。

再后来，灵堂摆起来了。更多的人来了。他们俯下身子向她鞠躬，又送上鲜花做成的花圈，就像是在告别一只真正的蝴蝶。

妈妈的标本停放了三天，亲人们轮班为她守灵。我坐下来叠了几只元宝，心想这个活动或许可以支撑一整夜。表姐们揽过我，把我送去附近的酒店。她们说，你不要劳累，你也是一个妈妈了，要想想宝宝。临走前，舅妈从口袋里拿出几根桃枝，说是驱邪用的，让我给女儿也带上一枝。

这是你家乡的桃枝，妈妈。这是你自己的葬礼，你不要害怕。但是我就这样失去了最后为你劳累奔波的机会，妈妈。当你躺在冰冷的柜子里，我在温暖的房间，躺下便睡着了。我是妈妈了，也是一个心碎的人。

凌晨一点，我又醒来。我的胸部因为充满奶水而发胀发硬发痛。我是一个心碎的人，也是一个妈妈。我把女儿揽过来，让她停驻在我胸口的位置，就像一只小小、小小的蝴蝶，停驻在甜蜜的花蕊中央。这样天空中下起雨来了，她或许也并不知道。

我的女儿，一个主观上、客观上来说都很可爱的婴儿，她现在会做的事，不过是睁开眼睛、闭上眼睛、挥舞手脚、扭动屁股以及把头从一边转向另一边。但是人人都爱上她，人人都想抱抱她。就像你见到她时那样，妈妈。

妈妈下葬后，落了几天雨，便开始放晴。阿尔说我们一起出去走走，我们便推着婴儿车一起出去走了走。穿过安吉路，就到了少年宫附近。小时候我常在这里放风筝。我们的女儿以后也许也会在这里放风筝。但是她现在会做的事，不过是睁开眼睛、闭上眼睛、挥舞手脚、扭动屁股以及把头从一边转向另一边。当她从一段颠簸的小睡中醒来，睁开眼睛的时候，阿尔捡了一段柳枝放到她的面前，用意大利语和她说：树，这是树的叶子，树叶。我用中文补充：柳叶，这是柳树的叶子。

绿色的柳叶停驻在婴儿车里。桃花落了，桂花落了，柳叶还是绿的。江南的秋天，就是如此。江南的冬天，还是如此。然后下一个春天便接踵而至。

这个小小的婴儿，伸出她小小的手，随便挥舞了一番，竟然把柳枝弄到了自己的脸上，然后就哭了。我们笑起来。她怎么什么都不会啊！

但是这个小小的婴儿，其实什么都会。

当你将她拥入怀中，她便用她小小的手，紧紧抓住你的衣领和脖颈，用她小小的口，亲密地吸吮。她就那样沉沉地靠在你的怀里，轻轻睡去。就像在我早已丢失的记忆中，我小时候那样，妈妈。我也曾经是那么短小无知的一只动物，我也曾经那么长久、肆意地赖在你的怀里。那样可真好啊，妈妈。

我的女儿，一个像我也像你的小孩。我见到她，便想起你，也想起我自己。我无法不紧紧拥抱她，给她安慰，就像是你在紧紧拥抱我，给我安慰一样。

我的妈妈没有了，她的妈妈还在。

妈妈，我想要得到的你的爱，我全部都给她吧。

不要问我，去问大自然

凌晨两点，我半闭着眼睛坐在客厅泵奶。大概十几分钟之前，熟睡的婴儿开始发出要醒来的信号：她一边把头转来转去，一边先后发出大象、海豚、生锈的水管、大惊失色的青春期少女的声音。

这些声音有时候会让我怀疑自己生的是不是一个人类。或者说，这个东西生出来的时候已经是人类了呢，还是要先经过大象、海豚、生锈水管和青春期少女的阶段，才能逐渐变成人类。紧接着，婴儿打了一个哈欠，我也打了一个哈欠。我看着她睡眼惺忪地想，好吧，你暂时说服我了。如果你只是一段生锈的水管，是不可能把哈欠传染给我的。

婴儿彻底醒来以后，就发出婴儿的哭声。有经验的人远远一听就知道，这是个刚出生没多久的孩子。要是

116

再给他们播放婴儿面部和手部特写，他们还可以告诉你这个孩子为什么哭泣。

我和阿尔十分珍惜过来人的指点，又担心他人过多的参与会折损我们学习做父母的乐趣，于是从女儿出生开始就没有请人帮忙，全凭自己努力。这就好像自学了三天就去参加大考的人（十分珍惜过来人的指点，又担心他人的小抄会折损我们猜测答案的乐趣），异常自信，无所畏惧。反正小婴儿的需求无非就是 ABCD 那几样嘛，实在不会的话还可以一样一样猜过来。何况是凌晨两点，她刚睡了四个小时的长觉，现在一定是饿急了。

阿尔披着一床毯子去冰箱拿我的存奶，看起来就像一个幽灵。我们商量好一种轮班：一个人负责入夜前的活动（主要是喂奶和哄睡，偶尔需要对付婴儿突然发的脾气），可以从十点睡到早晨；另一个人则在晚饭后就开始休息，并要负责婴儿夜间的需求。于是在我们家的半夜，会轮流出现两种幽灵：我已经半年没有剪过刘海儿了，所以是偏东方恐怖的那一种；阿尔则一脸惨白，眼圈深重，牙龈出血，完全是西式风格。

这种轮班可以确保至少一人偶尔可以睡上整觉，但主要是确保阿尔偶尔可以睡上整觉。婴儿在母亲身体里长达 40 周，可不是白白待在那儿的。她在我身体里，偷偷埋了一个蓝牙。即使有一天她被我排出体外，也可以靠某种神秘的波段或者射线把我们紧紧联系在一起。

阿尔问我：今天又没有轮到你，你为什么要半夜起来泵奶？我艰难地耸了耸肩。不要问我，去问大自然啊！

仿佛仅仅只是意识到她的存在，我的身体就会自动分泌乳汁。这些乳汁超越一切人为调配的营养液，完美契合婴儿的需求。而且整个过程就和月经一样，定时定量地发生，不可控制。我从根本上失去了超过四个小时的睡眠。无论婴儿吃不吃奶，我的奶都在那里。没有得到吸吮，它们就会溢出来，流出来，喷射出来，浸湿衣服和床单。我不得不随时粘两片防溢乳贴在内衣里。它们就像卫生巾一样吸力强大，兜住一切。于是在产后的那一个月里，我感觉自己就像一座年久失修的房子，哪里都在漏雨。或者起码是不太卫生的一座房子：下体流出的恶露要用卫生巾兜住，乳房漏出的汁液要用乳贴兜住。还有的产妇会有漏尿的问题：漏出的尿液，要用尿不湿兜住。

有人说，乳房和婴儿之间这种神秘的联系主要是通过婴儿的吸吮达成的。但是我由于颈椎的毛病，很早就采取泵奶瓶喂的方式，按理说应该早就切断了这种原始的联结进入工业化时代了，而我的产量却还是跟着婴儿的食量慢慢上升，不多不少，不偏不倚。有一次我去医院看望妈妈，外出整整一个下午。婴儿在家暴饮暴食，我在外疯狂涨奶。回家以后，我来不及忧伤，就直奔吸奶器。当我把刚刚泵出来的母乳递给阿尔，阿尔发出惊叹：天啊，她下午喝的奶量，和你泵出来的恰好一样！

我不知道这是不是一个巧合，但从此，我看这个婴儿的方式和感觉就变了——你看她短短小小，几乎是个四方形——是不是好像一个遥控器。

后来我又听说了量子纠缠。简单来说，似乎就是两个纠缠过的粒子，即使一个身处纽约，另一个身处伦敦，也可以实现状态的同步。我在想，事情会不会其实是这样的：这个身处纽约的粒子，其实是这个身处伦敦的粒子的妈妈。一个粒子饿了，另一个粒子就飙出奶来。

阿尔看我的眼神也变了。他说，妈妈到底是妈妈，是不一样的。我见他的眼神三分无奈七分艳羡，也只能无奈地耸耸肩：你真的不要问我了，你要问，就去问大自然嘛。

如果大自然把哺乳的任务分配给父亲，许多事情就迎刃而解了。母亲分娩以后可以获得充足的休息，而父亲可以获得一对充盈的乳房：不但可以比谁的奶更大一些，还可以比谁的奶飙得远。更重要的是，只有亲生父亲才会分泌乳汁哦！要确认自己的孩子是不是亲生的，只需动动手指，捏捏乳头就够了。有奶的才是爹！啊，为什么大自然到现在还是不懂你们男人?!

阿尔目瞪口呆，又不得不承认我讲的还是有几分道理。

我这个人确实很喜欢讲道理。伴随着泵奶器的声音，我继续问他："你喜欢喝珍珠奶茶吧?"

阿尔点点头。

"那你有没有想过，为什么这么多人喜欢喝珍珠奶茶?"我半眯着眼睛。

阿尔看看使劲吸吮的小婴儿，又看看正在泵奶的我。浅咖色的乳头在泵奶器的透明罩里不断伸缩，看起来弹性十足。漏出的乳汁顺着皮肤流下来，散发甜甜的香气。

"乳汁，是人类永远的乡愁。"我义正词严地扯完最后一句，向后倒在沙发上。

我实在太累了。

"那不喜欢喝珍珠奶茶的人呢?"阿尔把披着的毯子盖在我身上。

"都是喝奶粉长大的啦!"我笑起来。

我们的女儿喝完了 150 毫升的奶，浑身都是奶香味。

"她好好闻哦，你也闻闻。"阿尔一手抱婴儿，一手来抱我。

不用闻，不用闻。是我用我的奶水，亲自腌入味的。

明明很爱你

　　葬礼过后，冬天来了。舅妈送来自己种的番薯、玉米，自己采的菱角，还有一只鸭子。舅舅家在乡下辟了菜园与河塘，出品丰盛。往年也会捎些土产来。只是往年的鸭子是生的，今年的鸭子是熟的，炖了一大碗。我和阿尔两个人，足足吃了三天。到了第三天，碗里只剩下鸭掌、鸭脖子和鸭头了，都是妈妈爱吃的部分。我不想吃，也不想扔，只好拨弄着一块骨头和阿尔说，今年的鸭子是做好的，是因为妈妈不在了，他们怕我自己不会炖。

　　妈妈的死就像一小管黑色的墨水，无声地滴在我的墨水瓶里。我的生活从此从粉红色变成鲜红色，从嫩绿，变成深绿。我知道许多水果是这样成熟起来的，没想到人也是如此。

我的针灸医生甚至夸我变得勇敢，不像以前那样怕痛了。我照照镜子，看见自己长着一张静止的脸。

静止的脸是什么样子的呢？我现在的脸看起来就像一个钟表的表盘——分针和秒针仍在孜孜不倦地转动着，让你轻易读出现在的时间——但是你知道，时间对于钟表本身来说是毫无用处的，只是一种无聊的轮回。

我努力用我的脸展示出喜、怒、哀、乐，甚至故作姿态地演了一下"大惊失色"。但是我知道，情绪对于我现在的这张脸来说是毫无意义的。我以为我在温柔地微笑，却看见镜子里的自己只是抿了抿嘴唇。

我不是不怕痛了，我只是正在失去痛的表情。

我不总是选择逃避，偶尔也选择静止。大概和那种受到刺激就原地装死的羊差不多吧。

当然，如果这件事情发生得早一些，我也许能在和医生谈话的时候看起来更冷静一些，也许能在妈妈面前忍住泪水。

但是偏偏等到婴儿出生以后，偏偏在最需要用脸部传达爱意和安慰的时刻，我才开始变得面无表情。

天气不那么冷的一天，我和阿尔带着女儿去西湖边散步，互相拍了一些照片。我这才发现，我已经彻底失去表情了。或者说表情变得非常混乱：在一张照片里，我抱着女儿，一边微笑，一边皱眉。女儿在我怀里看起来很不舒服的样子。

我问阿尔：我在生活里一直是这样，还是只有在照片上是这样？

阿尔回答说：是的，不是的，我不知道。

那么我就知道了，我一直是这样的。

20世纪70年代有一个著名的"静止脸"实验。一位母亲突然在和婴儿的互动之中停止反应，用木然、呆滞的表情回应孩子的所有举动，孩子先是通过大叫、挥手、指向远处等方式试图引起母亲的注意，在得不到回应之后就立刻陷入无助、焦躁之中。实验表明，母亲（主要照料者）的情绪会极大地影响孩子的情绪，而冷漠对孩子产生的负面影响往往比我们想象的严重得多。

我合上书，恐慌极了。我可以把对女儿的爱意写在文稿里，却无法把它写在自己的脸上。

为什么会这样？我明明很爱她，却做不出爱她的表情。

我的朋友、表姐、钟点工阿姨甚至是路人都能自然而然地露出微笑，用温柔的话、活泼的语气逗弄这个可爱的婴儿。我在旁边看着，听着，心中只剩惭愧。

待他们都走了，我努力学着他们的样子，发出"咕叽咕叽"的声音，或是"碎碎念"。但是我的小婴儿，并不像看他们那样看我。是啊，我听见我自己的声音，都只感到尴尬，而非真诚。我看见照片里自己似笑非笑的脸，就像一张打多了肉毒素的脸，嘴角的肌肉是那么僵硬。而我所讲述的，不过是一些显而易见的事实，从不涉及我的内心世界。毕竟一个孩子，永远能看穿妈妈佯装的快乐。

后来，我有意无意地把白天照看孩子的时间交给阿尔，好让他多给女儿传递一些快乐的情绪，而我则躲在半夜三更给她喂奶。毕竟半梦半醒之间，她看不清我可怕的脸，沉默也是可以被原谅的。

在黑暗中，我抚摸着她的小手：

你会害怕吗，我的宝贝？当我抱着你，注视着你，却又和你无话可说。

你会失望吗，我的宝贝？当我想要对你微笑，却又看起来那么虚伪。

对不起，我的宝贝。妈妈仅仅是忍住痛苦，已经花完了所有力气。

小孩小孩你几分熟?

　　马和抹香鲸都是直立着睡觉的，人类就不行，婴儿更不行。相爱的人们要躺在一起睡觉，要在同一时间，和地球表面维持同样的距离。不相爱的人们，则最终会去往不同的楼层。我经常（像擦除辅助线一样）在脑海里抹去房屋、天桥以及交通工具，想象一个人在这种情况下与世界的关系。比如一个独自搭乘厢式电梯上楼的人，和碳酸饮料里一个正在上升的气泡没什么不同；而一个在高楼里久坐的白领，看起来就像空中一道微小的闪电。

　　妈的第一段就跑题了。

　　现在我们来说说婴儿。婴儿是一种始终悬浮着的东西。尤其是三个月以内的婴儿，不会坐也不会爬，不能随意把他们放在地上。这时候的婴儿是短短的一横，一撇，或者一捺。像声调符号一样，一定要在什么东西的上面。也就是说，一个婴儿，如果不在别的东西上面，就只能在你的身体上面了。

我们家小婴儿的第一个月是在床上度过的，吃了就睡，睡了就吃。我欣欣然：带孩子也没有那么难！过来人则个个意味深长：你且慢。你且看。

果然，该婴儿第二个月就开始往大人身上长。从梦中醒来（婴儿到底会做什么梦？），她嘴一瘪，哭得像个两栖动物。有时候一抱起来，哭声立刻收住，脸也变回个人样，平静，安详，优雅。我问她：怎么回事，这里是比那里风水好一点吗？有时候抱起来了，也还没完。我和阿尔两个人，像打花式篮球一样把婴儿从左手传到右手，从胸前传到肩膀。我的节奏感强一些，擅长"运球"——把婴儿抱在怀里，一颠一颠地在家里闲逛。阿尔人高臂长，善于"控球"——让婴儿俯趴在手臂上，再小幅度地做抬臂运动。婴儿很吃这套，往往可以安静下来。留下我们两个大人在安静中迷惑：她不哭了，到底是因为她这样被晃得舒服，还是因为她这样被晃得根本就哭不出来？

后来我们才知道，阿尔的这一招其实就是传说中的"飞机抱"，可以缓解婴儿的肠胀气、肠绞痛。阿尔对这个名称不太满意，觉得它"不是太崇尚自然"，遂把"飞机抱"改成"蜜蜂抱"。严格来说，这两者还是有一点不同：蜜蜂抱的配音是"嗡嗡嗡嗡"，飞机抱的配音是"轰隆隆隆丢巴嘟噜丢"。另外不知为何，我从此一看到条纹图案的婴儿服，心中就涌起难以抑制的购物冲动。

婴儿躺在摇晃的臂弯里入睡，就如此过了半个月。家里常常出现这样的对话："她睡熟了吗？""熟了熟了！"结果放到小床上，婴儿一下子就惊醒。于是家里又常常出现这样的对话："她真的熟了吗？""大概七分熟！""全熟，全熟才行啊！"

婴儿要全熟才行，我和阿尔都累得不行。这个家伙，明明还没有一只猫重，但是又好像比猫重很多。（有人说这是因为你不能像扔猫一样随意把婴儿扔在地上。）阿尔的手臂实在抬不动了，就架着"蜜蜂"降落在我身上。我的手臂实在抬不动了，就捧着"篮球"往阿尔身上传。

哄睡实在太难了。除了抱着以外，网上说的各种方法对我们女儿通通都没有用。我们看到婴儿醒来，一边赞叹她的眼睛真是有神极了，一边又觉得其实闭上的时候也不错。满月过了，蜜月仿佛也过了。我们对婴儿的称呼从"小宝贝"变成"小怪兽"。"你去哄她还是我去哄"

也变成了"你去弄她还是我去弄"。

和我一起做针灸的伙伴(没错,她们都是奶奶级别的人了)批评我们:小孩千万不能抱!越抱越不行的!

我的针灸医生(没错,也是奶奶级别的人了)借机发问:哦?怎么会这样呢?你给说说?

我隐约觉得她可能是针灸界最"窦文涛"的人。

奶奶们左一句右一句,说自己是如何放任婴儿哭泣,如何成功调整婴儿作息的。医生偶尔插一句:"哎哟,你真狠!"

我忧心忡忡地回家告知阿尔:完蛋了,我们害惨女儿了。如果继续这样抱下去,她会脊柱侧弯,得公主病,上幼儿园不肯睡午觉,长不高,学不好,以后还会不孝敬我们的。

阿尔回:我好像有一点没听懂你的中文。

说实在的,我也不懂。一个婴儿,不抱起来哄的话,就只能放在床上哭了。这个句式让我想起那个想在宝马车上哭,不想在自行车上笑的女孩,有点莫名其妙。在自行车上就不会哭了吗?婴儿会告诉你:在哪里都是能哭的。

我和阿尔做了一番繁琐的心理准备,决定不能让孩子和我们自己再冒脊柱损伤的风险了。在一个月黑风高的夜晚，我们轻轻地把婴儿放在婴儿床上，然后掩上了门。

我看着阿尔的眼睛，问他：你真的准备好了吗？我们真的要让她哭上个……十分钟……五分钟的哦！

监控器的画面里，婴儿摇晃着脑袋，似乎想把自己晃晕过去。但是没有成功。紧接着，她呻吟了几声，找到自己的大拇指嘬了起来。然后，就闭上了眼睛。

就这么……简单？她……她自己睡了？

我和阿尔的四根手指在手机屏幕上划来划去，想把画面放大，看看这个婴儿的眼睛到底有没有在眨。

监控器弹出信息：宝宝现在睡着了！

原来那些哄睡方法没用，是因为她根本就不需要。我们又是拍她，又是裹她，还费尽肺活量地长"嘘"她（还经常嘘得另外一名不愿透露姓名的家长十分尿急），反而是在妨碍她。

于是我把早就买好的哄睡娃娃拿到自己的枕头边上，和阿尔说：看来我们家需要哄睡的人，只有我一个啦！

"全熟吗？"

我点点头。

"好的，请问您是需要拍睡，抱睡，还是防惊跳襁

130

褓包裹着睡?"

　　"不如，就都来一遍吧。"

女孩子的屎，也是很那个的

　　阿尔身上有一件我始终无法理解也无法接受的事：他觉得女孩子不会拉屎。一个年轻、高学历的现代人，怎么会这样想？我试着换位思考，发现我身上大概也有一件他始终无法理解也无法接受的事：作为一个女孩子，我的的确确是会拉屎的。

　　我不单会拉"屎"，还会拉掷地有声的屎、堵住马桶的屎，会拉辣椒瓣、金针菇。我不仅会"拉"屎，还会拉不出屎，憋不住屎，（大概五岁的时候）跑步跑太急摔一跤摔出屎。虽然以上提及的任何一种情况我都不想展开说，但是它们起码证明了一件事：史上有我以来，我就是有屎的。如果不是亲自拉的，怎么会这么清楚？

　　阿尔不相信这件事。我去厕所拉屎的时候，他觉得我是去厕所做彩虹。如果我拉屎时间过长，他还会觉得

132

我应该是顺便做了一只在彩虹上面自由奔跑的独角兽。

我没办法把屎甩在他面前，只好干巴巴地问：那彩虹呢？你见到彩虹了吗？阿尔回：那我也没见到屎啊。我说屎被我冲掉了啊！怎么能不冲屎啊！阿尔露出一个"你就编吧"的笑容：是啊，彩虹也被你冲掉了。

话虽如此，这十年以来，我在我们共同生活过的房子里，已经拉了不知道多少屎。在我剖宫产后的那几天，都是阿尔把我扶到产房狭小的卫生间里给我当把手，就差亲自给我擦屁股。于是我判断：阿尔在理智上是接受女孩子拉屎的，只是情感上不承认。而这种对他人行为的否认，很有可能来自对于自身的否认的投射。也就是说，阿尔不是不相信我拉屎，而是不喜欢他自己的屎。

生活在欧洲，拉屎确实是件让人焦虑的事。街上并没有多少公共卫生间，很多人会选择去咖啡店买一杯咖啡顺便拉屎。但是当你屎意正浓的时候，要走进咖啡店和人攀谈、点单、付账、问厕所，以及很有可能需要等那个只有一个位置的厕所空出来，不得不说是一种折磨。

这么一看，阿尔否认我的屎，还有这样一层原因：他害怕意外事件的发生。而突如其来的屎意，就是其中很伤大雅的一种。要拉屎，就要停下来，要走回头路，要推迟行程，要错过火车。阿尔早已养成习惯，一定要拉完屎才出门；我就随缘得多——于是在法国、意大利旅行的时候，阿尔的屎都拉在了旅馆里，而我的屎，遍布各大名胜古迹（的厕所）。尤其是逛博物馆这项运动，特别令人肠道蠕动、屎意大增。在博物馆的厕所拉屎，也让人清楚地意识到自己是个俗人：艺术家留下作品，名垂千古，而我连我的屎都留不住，五秒钟就冲走。

我曾经开玩笑地和阿尔说：那么只有生一个女孩子，才能让你知道女孩子拉屎的厉害。没想到我们现在真的拥有了一个小女孩。而她的屎，已经成了我们生活的一部分。

刚出生的时候，婴儿的胃很小，肠子大概也短，总是上边喝着奶，下边就拉了。尤其是阿尔抱着她的时候最会拉——"谁是世界上最可爱的小女孩啊？"常常是阿尔刚问出口，这个世界上最可爱的小女孩就崩出了屎，一边崩还一边发出一连串"噗噗噗"的声音，十分清晰有力。此时的小婴儿在陆地上完全没有行动能力，但是我怀疑她靠这股喷射的力量，一天起码可以向前移动个十几厘米。（如果把好几个婴儿放在一起比赛，可以出一个没良心的无聊综艺叫"慢速前进"。）

阿尔到了这种时候还故作天真："哦发生什么了呀？我们来看看小宝贝做了什么？"（此处为译制片腔。）打开纸尿裤一看，果真金黄金黄的一泡屎。不知道是不是母乳喂养的缘故，这些屎看起来很像屎了，却没有臭味，闻起来只是有点酸酸的，像某种乳酪的味道。

我真怕阿尔脱口而出："哦宝贝，你做了金黄色的彩虹啊！"还好他没有说。

有一次，小婴儿应该是受了凉，突然拉出一泡绿色的屎。阿尔的大蓝眼睛忽闪忽闪：绿的！我忍不住给他一个call back: 红橙黄绿青蓝紫，黄的后面可不就是绿的。

啊，有的小孩像是来报恩的，有的小孩像是来报仇的，我们的小孩是来给她爸爸科普的：女孩子是会拉屎的。会拉黄色的屎，还会拉绿色的。这个世界上只有彩虹一样的屎，没有屎一样的彩虹。

满月过后不久，婴儿的屎变得更规律了：她不再随时随地喷射，而是像个成年人一样，每天，甚至是两到三天才拉一泡大的。这泡"大的"，非同小可，就像一场微型爆炸，有时候连纸尿裤都兜不住。阿尔也逐渐接受了现实，会大声喊："她拉屎了！"因为这时候一个人要眼疾手快地把婴儿抓起来冲洗（屎崩得太远的话，干脆就要洗个澡了），另一个人要收拾"战场"，换一换隔尿垫什么的。我们一边忙着给婴儿擦屁股，一边心里又有一点舒爽，就像是真的拆了个炸弹似的。原来当父母，心理是可以这么变态的吗？

阿尔则发现了中文的神妙之处："拉"这个动词可以搭配"屎"，也可以搭配"尿"，但是当它单独使用的时候，就可以表达"拉屎"的意思。

不用提"屎"，就可以表达"拉屎"。阿尔表示非常满意。自此，家里仿佛多出来一只棕毛鹦鹉，总有个人用不那么标准的声调在问："她拉了吗？""拉了吗？"——谁也不知道她什么时候会拉屎，但是总有两个变态在眼巴巴地等。

没想到，这一等，就是足足一个礼拜。小孩进入二月龄，突然变得嗜睡。晚上可以睡足八九个小时，白天也醒得不多，吃一点奶就继续睡了。我和阿尔提心吊胆地睡了两天"整觉"，半夜总是忍不住要去探一探小孩的鼻息，或者怀疑这个娃是不是其实已经饿晕过去了。

"她吃了吗？"

"只吃了100毫升，但是已经睡了五个小时……"

"她拉了吗？"

"没有。"

"几天了都？"

"明天就是第七天了。"

"那她起不来床，会不会是因为……屎太沉了？"

我在黑暗中看了看阿尔的脸，发现他是认真的。

"不会。一定是因为她听懂你说女孩子不拉屎，她就真的不拉了。"我想我看上去应该也非常真诚。

阿尔愧疚极了，不再抱着女儿问她谁是世界上最可爱的女孩子了，而是问她谁是世界上最会拉屎的女孩子。他是真的很着急，一边用他冰冰凉的大手搓着我女儿温热的小肚子，一边给小女孩施咒语：拉屎吧，拉屎！快拉屎！

我咨询了医生，得知小孩没有哭闹的情况下，这种现象是正常的，是婴儿的消化吸收功能在逐渐完善的缘故——喝下去的奶水，在她沉重的睡眠中，变成了有力的骨头。

但是我忍不住要开阿尔的玩笑："嘿，你记得吗？我们去日本旅行的时候，我也有足足七天没有拉屎哦！也许我女儿是随我呢？"

阿尔更着急了："那时候我也很怕你会爆炸！"

我说："那你承认女孩子是会拉屎的啰？"

阿尔掩面而逃。

当然，后来婴儿还是拉出了屎。不然我也不会在这里轻轻松松地调侃他们俩了。在拉不出屎的第七天，我们打算带女儿去社区医院游泳，并做好了游完泳以后这个世界上最可爱最香喷喷的小女孩突然在大马路上拉我们一身屎的准备。没想到，在出发之前，她突然放了一个很响很响的屁，就像一场小型爆炸一样。

阿尔兴奋地把她接过去拆开——好多好多金黄的屎啊！

"太棒了宝贝！你拉屎拉得真好！"阿尔好不容易找到女儿肚子上没被屎沾到的一块净土，大大地亲了一口。

以后你的人生，还有很多很多屎要拉。要这样顺利地拉下去哦！

大拇指以及蓝色、棕色的房间

女儿长到两个多月，竟然已经学会自主入睡。这并不是一个常见的事。自主入睡这四个字听起来很厉害，其实不过是说，她可以自己让自己平静下来，不需要他人的安慰。等她打两三个哈欠，我们就抓紧机会把她放到小床上。她侧着脸，找到自己的一只大拇指吮吸起来，如果感觉不够剂量，还会试着把整个拳头塞到嘴里（当然是塞不进的）。如此嘬上个五分钟，眼睛就闭上了，只看到肉嘟嘟的小脸还在使劲。再过一会儿，就彻底进入睡眠。

有时候我觉得她好可怜，两个月的婴儿，竟然就要安慰自己了。有时候我又觉得她好厉害，只凭着吸吮这一个本事，既填饱了肚子，又安抚了灵魂。

然后她会长得更大一点，更大一点，会学习如何翻身、打滚、从纸巾盒里扯出纸巾、撕开酸奶盖、熄灭酒精灯、写诗、接吻，甚至再生另一个小孩。然后她会的事情就变得太多了，再也不知道做什么才可以给自己安慰。

婴儿主动进入睡眠，我被迫回到我的世界。当我在我的世界，远远看起来就是一个坐着发呆的人罢了。当然如果硬要描述的话，我也可以告诉你们：那是一个安静的，由蓝色和棕色构成的房间。并且大多数时候，窗外是阴天。我的妈妈坐在这个房间里，不太和我说话。有时候我眨一下眼睛，脑海中的妈妈就躺下了，在我的床上沉沉地睡着。再眨一下眼睛，她穿上了病号服，艰难地把呼吸机的管子从左边挪到右边。

在我的世界里，我静静地看着她，就和实际上发生的那样，说不出一句能真正安慰她的话。而在我们真正的房间里，阿尔担忧地看着我，看着我又静静地开始发呆。

但是怎么办呢，也许有人会把安慰错当成爱，但是爱有时不是万能的，爱不一定能给人安慰。我可以出于对爱的回馈，骗他说我好多了。就像妈妈出于对我的爱，骗我说她好多了那样。然后我们就如此，假装完美地生活下去，直到天崩地裂。

在三十岁失去母亲，当然比在十岁、二十岁失去母亲要幸运得多。但是怎么办呢，三十岁的我已经长得太大了。和新生的婴儿相比，我简直破旧不堪。我的很多功能都减退了，很多功能又迟迟没有发展起来。更重要的是，我还失去了能够安抚一切的大拇指，失去了指尖神秘的、令人上瘾的、迷幻的咸味。

再也没有什么吮吮手指就能骗过自己的机会了，事实在我眼前呈现得清清楚楚，甚至比安慰更容易接受一些：失去母亲，就是永远失去了往后与母亲共同度过的岁月。失去的母爱，无法被任何一种爱替代。

我试过用许多方法让自己好过一点——我是说，我看了一些电影的开头，读了一些痛苦的自述，短暂地见了几位朋友，聊起那些毫无关联的事情。我甚至在一个湿漉漉的下午，久违地去湖边散了步。我们从清波门走到了钱王祠，又从钱王祠走回了清波门。那天天气很冷，又没有雪，湖边的行人和猫都不多。谈论死亡、死去的人总是很难的，所以格外需要风景优美的地方。阿尔想念大自然，于是在看树。婴儿躺在婴儿车里，只好看看叶子，而我在看椅子和石凳。妈妈生病以后，在这附近住了大半年。我们常常一起从清波门走到钱王祠，再从钱王祠走回清波门。这段路上的每一把椅子，我都记得。

我好像可以很自然地把"我妈"这两个字说出口了，就像她还在我身边一样。好像也可以比较平静地看着街上七八十岁的无辜老人，而不再去想为什么他们可以活着，我的妈妈却已经死了。还有的时候，我就是一个单纯的，充满分享欲的新手妈妈——看啊，对，我的宝宝，她好可爱，她的眼睛好大，睫毛好长。是的没错，她是一个混血儿，比较像她爸爸。

回家的时候，我们碰到楼下的邻居。她大概是第一次看到我们的小婴儿，问我们是男孩还是女孩，又问她平时是不是在我妈妈那里住着。我注意到有几片湿漉漉的叶子粘在婴儿车的轮子上了，没注意到自己回答她的两个问题时都说的"不是，不是"。

我短暂地想了一下，如果我是我的这位邻居，我的妈妈就还活着。我不知道她死了，她就是在某个地方活着——有一天，我的表哥也告诉我，他梦到了我的妈妈，和他的爸爸已经团聚。两个人都胖了一些，脸色很好。

但是当我平静下来，我知道事情不是这样。湿漉漉的叶子一直在那儿。而我，无论我在哪里，我都同时置身于那个由蓝色、棕色构成的房间。我的妈妈静静地坐在里面，看着窗外。那是她生命的最后三个月。她一直在说，想去海边看看。我隐约知道，她想要的是另一种爱，另一种更广阔更自由的东西。但是她被我的爱困在了我的客厅里：沙发就是她的沙滩，窗帘就是她的大海。

幸好，婴儿睡了三个小时就会醒来。

我站起来，穿过由蓝色、棕色构成的客厅，走向她白白的小床。

我的小可怜，她急切地吸吮着自己的拇指，却发现确实一点奶也吸不出来，终于哭了。

我想她的哭声里大概也有我熟悉的那句话：妈妈，你在哪里？

于是我和她说：不要怕啊，宝贝。妈妈在这里。

毛有何用？

阿尔小时候喜欢在院子里踢球，常常把球踢到一棵无辜的树身上。有一天，他妈妈把那棵树换成了一株长满刺的多肉植物，并且告诉他这棵树是为了保护自己不被他的球伤害到，才长了那么多刺的。

当时的阿尔小朋友并没有意识到"这棵树"已经不是"那棵树"了，还以为自己无意中促成了一次植物的变态。无知的他激动又羞愧，考虑再三，偷偷跑去跟那棵树道歉："对不起啊，我以后不往你身上踢就是了。不过你把自己搞成这样，真的有必要吗？"

听到这里，我感觉阿尔的道歉很不诚恳。唉，男人怎么从小就这样，自己错了还要从别人身上找理由。阿尔跳起来：可是我被我妈妈骗了啊！

我耸耸肩。我现在也是个妈妈了，完完全全站在妈妈们的战线上：你妈妈这不是给你上了生动的一课吗？何况，多肉植物的刺除了帮助储存水分，确实就是用来保护自己的，也不算是个太过分的谎言，甚至可以说非常科学啊。

"我妈妈扯的谎才叫荒谬。"我举起手臂，撸起袖子，给阿尔看上面细细长长的毛发，"我妈妈跟我说，手毛长的人，不容易感冒。"

各位看到这里，大概以为这篇的主题是"那些年妈妈扯的谎"，但是更细心的朋友一定能发现前文中"刺"和"毛"的共通之处，并顺着此处抓住我虚无缥缈的逻辑：它们都附着在某个器官的表面上，威胁或迷惑着附近的生物；而一株本该有刺却没有刺的植物和一个本该有毛却没有毛的人，都会被称为——秃了。

不不，我不是来抱怨产后脱发的。恰恰相反，我的问题是我的毛实在太多。

我的头发是一帘沉重的幕布，紧紧地缝在我的脑袋上，好像在跟别人说：唉，这里其实没有什么好看的。我的胳膊则布满细长的汗毛，远看直接让手臂深了一个色号。近看的话，要看情况——当它们干燥得可以随风飘动的时候，会让你的心中响起亚马逊丛林的自然之声（好一个森系女孩），而当它们湿润并弯曲地贴着皮肤的时候，又会让你来到美丽的杭嘉湖畔：大闸蟹（又称中华绒螯蟹）的钳子上，也有和我手臂上类似的东西。

在我的记忆里，我的手毛从我的幼儿时期就开始长了。别的小女孩可能觉得自己是个小白兔什么的，而我，从小就觉得自己是一只湖哈（蟹）。如果可以做小白兔，谁想做只湖哈（蟹）啊。横行霸道，口吐白沫，五花大绑上锅十五分钟蒸熟。螃蟹的命运看起来不但悲惨，还有种自作孽不可活的意味。啊，我的手毛根本就不像植物的刺一样可以保护自己，反而给我的胳膊和我的心理都造成了很大的阴影。

而且一开始，我并不知道自己这个毛是怎么回事。我的父母只说我出生的时候，就早早长好了眉毛和头发，人见人夸，却没有人详细展开说说我别的地方的毛，到底是怎么来的。直到上了初中的某一天，表姐来我家做客。我突然看到她的手臂上布满短短、刺挠的毛茬。在那个时候，脱毛技术还不怎么先进。我稚嫩的表姐应该是粗暴地使用了剃毛器。那是一个炎热的夏天，她羞涩地把长袖子褪了下来。我却如释重负——原来我这个阴影，是祖传的啊。

等到长大一些，我尝试了许多方法去除这些毛发，化学的，物理的。当然，最干脆利落的还是物理的方法。我用脱毛蜡纸紧紧裹住手臂，然后努力趁自己不注意的时候"刺啦"一撕，那一圈的毛发就被脱得干干净净，好似戴了一只肉色的手镯。我抚摸自己滑溜溜的手臂，感觉就像置身水中。（糟糕，这湖蟹的记忆。）

后来，我和一个体毛更长的人结婚了。

再后来，我们生了一个小女孩。我好像说过，她出生的时候，就早早长好了眉毛和头发，人见人夸。但是我没有说，她的背上，耳朵上，都长了细细、黑黑的绒毛。

阿尔在那棵多肉植物的阴影下，十分天真：她一定是不知道外面这个大大的世界会有什么奇怪的动物，所以努力长了好多毛毛来保护自己吧。哦，她那么可爱，就像一株带刺的多肉！

我则在我手毛的阴影下，十分忧伤：完了，这孩子长大了，不会又是一只湖蟹吧？

无论如何，我们决定要像我们的母亲一样扯一些谎：亲爱的宝贝，你的毛是世界上最珍贵的东西。它们根根分明，是逻辑，是道德，是灵感，是几何题的辅助线。你的毛是世界上最坚韧的东西。它们就像龙的鳞、骑士的战甲、手机的钢化膜啊。你的毛，是爸爸妈妈给你的第一件衣服，热的时候，保护你不受高温炙烤，孤独的时候，温暖你的心灵。你的毛，不是人人都有的。当你焦躁不安，想要逃避，你就去你的毛发里，那里有一片小小的森林，以后我们要讲给你的故事，都发生在那片森林里。你的毛，是无数个你。它们替你远行，探索世界，也替你留在家里。

但是这些谎话，很快就会被她识破的啊。阿尔说。

那我们就想一个永远不会被识破的吧！

亲爱的宝贝，我们一边给你涂婴儿油，一边认真地想：你的毛，到底有什么用处？

我们想了很多浪漫的，傻气的，惊悚的……

最后，决定还是给你一条最实用的——

宝贝，无论你以后做了什么蠢事，只要你还有一根你的毛，爸爸和妈妈，就会永远原谅你。

祝你平安

十二月刚刚开始的时候，我和几个朋友约好一起过平安夜。朋友，是很旧的朋友了。上一次相聚，也已经是很久以前的事。这些年过去，有人有了新的男友，有人有了新的小孩，有人有了新的小狗。每一个人身体里的细胞都换了两三轮。于是每一个人，都变成了又新又旧的朋友。

必须要见面了。必须要拥抱，要大笑，要迅速更新彼此人生的进度条。以免这些旧旧的家伙，最终变成全新的、陌生的朋友。

为了这次难得的聚会，我们创建了一个叫"圣诞小队"的群组，规定每人准备一份价值一百元以内的礼物盲盒，分配好大家要带的食物、游戏和酒。我们想了太多要做的事了，可能要一起住上一个星期才能都做一遍。但是假日只有一个下午和一个晚上，能好好坐下来聊一次天已然十分珍贵。我们没有任何怨言，只觉得幸福。仿佛刚刚在不同的星球读了一年大学，然后暑假要来了，熟悉的人们纷纷从远方回到家乡。

过了几天，新闻播报公共场所不再查验核酸阴性证明。我们决定聚会前都自己做一次检测。

但主持聚会的朋友很快开始发烧，把自己隔离在房间里。还没等她好起来，更多的人开始倒下。"圣诞小队"变成"病友小队"，只有我和阿尔还"阴"着。

离圣诞节还有两天的时候，我们确认，节日取消。奥密克戎替我们拥抱了我们的朋友。

匆忙订购的婴儿退烧药、血氧仪和N95口罩都卡顿在仓库或者半路上，先前买的节日用品倒是都到货了。一想到快递员这时候还强撑着为我送来圣诞彩灯、气球和送不出去的小礼物，我就觉得抱歉极了。但是谁知道事情会变成这样呢！

我只好一边给气球打气，一边给自己打气：我不过是见不到朋友罢了，又不是见不到家人、工资或者明天的太阳。我又有什么可抱怨的？圣诞节原本就是别人的生日，我许的愿望没有成真，难道不是很正常么？

何况，从女儿出生起，我们就过上了十分居家的生活，现在只是居家得更彻底一些罢了。只有大人们默默担心自己倒下了会劳累家人，小孩照常吃吃睡睡，大概不会发现自己好些天没有去社区医院游泳、打针，也没有坐在婴儿车里看天上的树叶了。

等家里布置好了，再让家里的吉祥物——也就是那个新的小孩——穿上圣诞服装，整个家看起来就一扫阴霾，十分吉祥了。节日原本就是配上颂歌的生活精选，所以节日后面永远跟着快乐，所以节日里总有虚构的神仙，所以节日来临的时候，你要吃饱，要让肠胃——而不是大脑——运转起来。节日的意义就在于此。

我们给天真的婴儿拍了一组圣诞照片。她在其中扮演圣诞老人，一些塑料则扮演了圣诞树。等她再大一些，到了可以理解"礼物"的含义的时候，就轮到我们扮演圣诞老人了。这个角色的责任实在非常重大——据说演砸了的那一天，你小孩的童年就终结了。

我忍不住开始想，如果这件事的风险这么大，是不是还不如从一开始就不要扮演？如果从来都没有那个美丽的谎言，是不是就不会有谎言被戳破的那一天？我们这些大人，口口声声说要守护孩子童心的大人，到底是想为他们创造美好的梦境，还是只是想满足自己扮演神的愿望?

平安夜,婴儿早早睡了。于是还是我们两个人的平安夜。

我们简单吃了一餐,喝了一点酒,预习了一下《冰雪奇缘》。然后我们发现,我们为圣诞做的所有准备和布置都毫不重要。我们的朋友,才是我们的彩灯,我的酒。

真心祝愿我的朋友以及陌生的人们。祝愿大家平安!

雅典娜与二大爷

有一只猫蹲在门口不肯走，于是我们家现在有两只猫了。两只猫会带来一个崭新的问题：我们不能再简单地把我们的猫称为"猫"了。我们的猫失去了它的定冠词，突然变成了两只猫中的一只。如果一个地方只有一只猫，猫就是它，它就是猫。那么我们就像生活在一个寓言故事里一样：有一天，猫和男人说，只要你回答我三个问题，我就……（又或者在一个传统笑话中：有一天，一个男人、一个女人和一只猫坐飞机去旅行……）

但是如果出现了两只猫，就完全不是那么一回事了。有第二只猫，就意味着有第三只猫。有第三只猫，就意味着有无数只猫。那么我们就必须要承认，我们的猫并不是"猫"本身，而是无数只猫中的一只。就好像一个失恋的男人挂掉电话，发现大街上阳光明媚，挤满了别的女人。有长发的，有短发的，有穿皮衣的，有穿袍子的，说不定还有愿意和他挤在一起互相摸来摸去的。天啊！

第二只猫，就是这样一只猫。它更年轻，更活泼，更黏人，更轻易发出呼噜呼噜声。它在家里大摇大摆，大吃大喝，甚至非常熟练地去猫厕所里撒了一泡尿。它就像我们的猫一样自然。而我们的猫躲在床底，就像一只新来的猫。

我们趴在床边的地板上，担忧地呼唤它："猫咪！"转眼又想到，现在不能再这么叫它了。我们只能又喊回它原本的名字——二大爷。

"不要害怕啊，二大爷！那个新来的小姑娘，是不会伤害你的！"

"二大爷，你可是我们从小养大的猫咪啊二大爷。你要知道，我们最爱的还是你！"

我们一边深情地呼喊，一边隐隐觉得这个名字是不是取得不太成功啊。而我现在这么写出来一看，发现果真如此。"二大爷"是我们的猫的名字之汉化版本。它的真名叫"due"，在意大利语里是"二"的意思。当然，意大利语里的"二"并没有中文里"二"的另一层意思，仅仅是单纯的"二"。我们给它这个名字，也与它的性格没有任何关联，只是因为它的脑门上写着一个"二"字。你看看，又是这样，我们在辨认彼此的时候，总是信任一些很表面的东西：颜色、形状、时间、花纹。我是说，谁知道呢，这尊猫的躯壳里装着的，是否真的是猫的灵魂。

上一只猫还没取到满意的名字，新的猫又来了。最初的几天，我们只好叫它"新猫"。但是这个取名方式，似乎和"新冠"的命名没什么区别。阿尔问道，如果有一天又发现了新的冠状病毒，难道要叫它"更新的新冠"吗？

这只新的猫，是很"猫"的。它把家里逛了一遍以后，成功地发现了所有我们为二大爷白白准备的东西：它在崭新的猫抓板上留下了抓痕，去冬日限定毛毛软垫上小睡了一小会儿，又在门口的快递纸箱中钻了几回。我们一拿出逗猫棒，它就做好了起跳的准备；一伸出爱抚的手，它便躺下来用脑袋来蹭——我们跟在它的小屁股后面，就像两个心满意足的产品经理。

阿尔给它取了一个女神的名字——雅典娜。接着，他又说，现在我理解我的父母了。因为我的弟弟就是这样一只猫咪。他从小就开朗活泼，可爱大方，有他在，家里总是热热闹闹。不像我，敏感脆弱事又多，从来没有什么朋友。我和你说过的吧？我小的时候，只接受五种食物，其他的东西一概不吃。谁会喜欢我这样的小孩？父母期待的，是我弟弟这样的小孩吧？但是他们不能表现出来。他们必须表现得好像我们两个人没有任何区别，必须表现得像是对我们两个人有同样的爱。但是怎么可能不更爱弟弟一些呢？世界上有的人就是更讨人喜欢一些啊！

我捏捏阿尔胡子拉碴的脸说，我就比较喜欢你这样的小孩啊！

我不知道如何解释，看起来"不讨人喜欢"的小孩，也是很讨人怜爱的。每当雅典娜天真无邪地走向我们的猫，而我们的猫压低身子从我们身边逃走的时候，我心中对它的怜爱就又多一分。

但是我突然不是很确定：如果我们家还有别的小孩，我会是更讨人喜欢的那一个吗？我的父母，会更爱另外的那个小孩吗？如果我和阿尔又有了别的小孩，我会有更偏爱的那一个吗？如果真的有所偏爱，我能一辈子藏好这份心意吗？

我们应该不会再养更新的猫咪了。数量是很重要的事情。玩过狼人杀的人都不难理解这个道理。原本我们是一男一女，那是完美的平衡。如果生一个儿子，家里就变成男生宿舍；反之亦然。氛围、规则以及浴室地漏的疏通频率都会随之改变。而现在家里的猫咪数量已经和成年人的数量完全持平，很难说谁是谁的主人了。如果把婴儿计入"人类"，我们还能勉强得胜。然而现在的小婴儿，还是一个"亟须照看之物"，和猫咪们更像是一类的。我们撸完猫咪，洗手消毒，再去撸婴儿。都是热热的，软软的，可可爱爱的。当然，刚把婴儿的尿布换好放下，猫咪们的屎又要铲了。夜里听到咳嗽声，我都要梦中惊坐起——是我的宝贝猫咪在咳，还是我的宝贝女儿在咳？

我们应该也不会再养新的小孩了。除了数量，名称也是很重要的事情。我们的猫，是一只谨小慎微的猫，怎么能因为它的头上写着"二"就说它二呢？我们的小女孩，一个像她这样的小女孩，怎么能只是因为时间的关系，就变成一个"姐姐"呢？

无法娓娓道来

碎了！

小心翼翼捧在手上的花瓶，其实早就碎了。我能做的事，不过是快一点走进铺着地毯的房间。

现在我们进入了这个房间。

以下是我的碎片：

*

动物——胎生的，卵生的，有脊椎的，没脊椎的，愚笨的，聪慧的——通常来说，无论什么样的动物，都长着一张脸。所以无论看哪一种动物，我都会首先看它们的脸。看男人看脸，看青蛙也看脸。在我这里，"脸"就是唯一的单位，干干脆脆，完全消除了生物、种族之间的界限。现在家里多了一个婴儿，又添了一只猫，相当于多了两张脸要看。

*

小小的三口之家，却足足有五张脸互相看来看去，这让我在什么事也没做的情况下，也感觉相当忙碌。

*

二大爷和雅典娜终于能相处了。就是常常这一只在看那一只的时候，那一只就恰巧把脸转过去了。那一只回过来看这一只，这一只又跑走。明明是两只猫，怎么在演偶像剧！

*

猫的脸转来转去，还蛮像猫头鹰的嘛。

*

在澳大利亚的杰维斯湾，倒是有一种叫"无脸鳕鳗"的鱼。它的脸上没有一点眼睛的痕迹，嘴长在身体下方，整个头部就像一块用了很久的橡皮，有一种既无瑕又缺损的矛盾感。

*

两只猫无声地走着，也像两条鱼在游来游去。

*

雅典娜发情了，撅着屁股哼哼唧唧。可是雅典娜，我结婚了，我老公也结婚了。剩下的那只猫，它是公……公啊。

159

我们开始猜测雅典娜被遗弃的理由。到底是什么呢？就像班里转来一个美丽的同学一样令人好奇。

政策放开了，我们反而不敢出门了。收到的快递也要在门口消消毒。雅典娜倒是直接就进来了，没有核酸，也没有安检。它还打着喷嚏。

于是我们一个人去擦婴儿的口水，一个人去擦雅典娜的鼻涕。

我丈夫的脸，我不能多说。因为看了太久，已经没有办法进行客观的描述。

只要他咕哝一声，我便能想出那张脸咕哝的样子——即使是隔着门。隔着门，其实和隔着马路是一样的。隔着一条马路，其实和隔着十条马路也没什么不同。所以说我们两个人根本不存在什么异地恋。他的脸随时可以出现在我面前。

也许是对彼此的脸太过熟悉，我们很久没有面对面地吃饭了。去餐厅的时候，也喜欢并排坐着，专心看着面前的食物。夸张一点说，我们已经准备好一起面对这个世界。

*

婴儿长到三个月，终于能看清父母的脸了。

*

我还没有那个勇气，在家里摆放妈妈的照片。

*

每天都能看到关于"白肺"的科普和新闻。有的人挺过来了，我的妈妈没有。

*

氧合，心率，严重感染，呼吸衰竭。这些词语又不断地回到我眼前。

*

因为腰痛而趴在地上，因为心碎而站不起来。

*

婴儿见到我的脸就笑起来。果然没见过什么世面。但是每次见到我的时候，她都会笑。这也太神奇了吧。

*

像看日出一样去看婴儿的脸。

*

想到妈妈的时候，脑中浮现的仍然是她在病痛中的样子。

*

她好像很喜欢看我说话，总是看我的嘴唇。我和她说："妈妈爱你。"

*

妈妈的唇语，我完完全全听懂的只有两句。有一句是"回去"。有一句是"我今天就会死"。

*

妈妈从 ICU 出来的时候，装在一个人形的黑色袋子里。如果想让别人知道是遗体，为什么要装黑色袋子？如果不想让别人知道是遗体，为什么袋子是人的形状？

*

婴儿睡得越来越久了，我得以看看书。在书架上找到一本散文，扉页上写了购买的日期：2015 年 6 月。是妈妈写的。2015 年 6 月的妈妈是什么样子，我怎么也想不起来。

*

我还看了凯瑟琳·曼尼克斯的《好好告别》。这一本书，我看得太迟了。

*

妈妈意识模糊的时候别人问起我和宝宝，妈妈和那人说我在打工。

*

把裤脚掖进袜子的动作，没想到我会做得这么自然。

*

第一次在打招呼的时候说出：你好，我是某某妈妈。

*

有一天我睡得很好，做了一个逼真的梦。梦里是我爸爸病了，我给妈妈打电话，说让她搬过来住的事。然后梦就醒了。

*

书架上有两格是妈妈精心挑选的绘本。她什么都准备好了。我则恰恰相反。

*

我打算做一个"外婆书架"。

*

我还找到几串妈妈以前的珠子，摸起来滑滑的，凉凉的，就像妈妈的手一样。

*

我似乎可以找到某种方式，让你以某种姿态陪伴在我们身旁。

*

婴儿没有鼻毛，也不会笑出声音。这两件事不无关联：还得再等等。

*

有人说，是逗她笑的人不够好笑的缘故。

*

然后我悲伤地想到：假如婴儿笑出声音了，想让妈妈也听到，已经是绝对不可能的了。

一些往事，一些小事

过年了。大年三十下午四点，有人敲了敲我家的门。打开门一看，是爸爸。政策放开以后，我们都过得非常谨慎，已经有一个多月没有见面了。但是我打开手机，发现要过年了。于是我说，爸爸，过年了，要不要来看看外孙女呢？于是爸爸来了。

老实说，打开门看见爸爸一个人站在门口，感觉非常突兀。因为记忆中爸爸和我单独相处的情况十分有限，一般是妈妈实在没有空的时候，他才会这样出现。好像一幅画里，突然被抹去了前景，只剩下背景。那么这个背景还是背景吗？

我记得小时候有一次我在少年宫门口等他，一直等到少年宫关门。他应该是完全忘了这码事，感到实在过意不去就带我去吃了"红房子"。当时西餐是很昂贵新奇的东西。我可以理解，他是一个男人，他想用这种新鲜和快乐掩盖错误，就像猫用带着香气的砂子把屎埋起来。或者，他试图在我的大脑里建立一种全新的因果关系：因为他迟到了，所以我可以吃大餐。如果一切顺顺利利，这就又是普普通通的一天。

但是他不理解，对于女人来说，快乐是快乐，错误是错误。两件事只会同时存在，按照一定的时间顺序发生，而永远不会有一件事的记忆覆盖掉另一件事的情况。我记得牛排、罗宋汤，当然也记得一个人站在少年宫门口吹冷风的感觉。

过年这一天，我买好了菜。去年这辰光，妈妈做了年糕炒蟹。我想来想去，除了八宝饭以外，没有买什么特别的东西。不知道应该说没有庆祝的心情，还是没有杀戮的心情。爸爸带来几块腌肉和咸鱼，好歹增添一点过年的风味。三个人，五个菜，十分日常的一餐。每个人都吃到九分饱，感觉刚刚好，没有剩下什么。后来八宝饭也忘了蒸，现在还冻在冰箱里。

印象中爸爸是喜欢点很多菜的人。经过这几个月，他显然已经对分量有了充分的掌控。他说，我一个人也是这样，吃多少就烧多少，这样不浪费。我频频点头说是的，这样最好。

这次过年，我发现了我们家的问题。我们家的问题在于人太少了。如果人丁兴旺，每个人都讲五分钟闲话，轻轻松松就能浪费一堂课的时间，也许就能度过漫漫长夜。

我没有见过我的外公。外婆在我小时候就过世了。爷爷奶奶一直在另一个城市生活，大概只在过年的时候见一见。前两年，奶奶也走了。

有些事说出来有点匪夷所思：我是在奶奶的葬礼上，才知道她的全名。外公外婆的名字，则是在给妈妈办理遗产公证的时候才第一次看见。公证员用十分冷静的语气叙述了一遍我妈妈的家庭情况，我才知道外公是在1980年去世的。

公证员每写下一句话，就要念出一句。每念出一句话，就要确认一句。他会说：是这样吗？我就转头看我爸爸。爸爸用比平常标准一点点的普通话说：是的。在她十八岁的时候，上幼师的第一年。

我的爸爸妈妈都是浙江人——"慈溪""海宁"，听起来是两处温柔的流水。他们是在杭州上学的时候认识的。一个念幼师，一个念商学院。毕业以后分配了工作和房子，便很少回老家去了。上一辈的事，就像山谷里的歌声。唱歌的人慢慢走远，歌声就淡了。

我曾经非常疑惑，为什么他们可以那么自然地从他们原本的家庭里走出来，仿佛"家"这个字眼，从来指的都是我们三个人。现在我大概明白了一点，看起来很自然的事情，不等于不包含痛苦曲折。妈妈很早就失去了父母。她要回家的话，要回到哪里去呢？

吃过晚饭，大概是七点钟。爸爸要回自己的家去。他一个人生活的意愿如此明确。他说，任务完成了，碗就不洗了。我频频点头，说好的好的。

早些时候，我们已经趁做饭的空隙把婴儿拿出来把玩了一番。女儿很识时务，在恰当的时候醒来了，温和地哭闹了两分钟，看到她外公又笑起来。爸爸抱了抱她，说到底是亲外孙女。我觉得"亲外孙女"这四个字读起来很拗口，不知道他是怎么毫不犹豫地说出来的，而且完全没有卡顿。

爸爸离开以后，我在客厅呆坐了一会儿，想到以后万一婚姻不幸，大概也只能去住酒店了。住便宜酒店的话，心情显然会更糟糕。住豪华酒店的话，不知道有没有折扣啊。如果带着小孩一起，要不要干脆去迪士尼乐园？烟花易逝，青春亦如此……

阿尔对此不幸一无所知，只是突然感到芒刺在背。我叹了一口气，试着和他说：我的娘家啊，没有了。

他赶紧和我说，我就是你的家人，现在还有女儿啊，我们都是你的家人。他看起来太真诚了，让我感觉自己像福利院里被外国人收养的小孩，明天就要启程。

我挂在这"养父母"的身上，感到被忧伤和幸福同时包围着。

永别了，过去的生活。永别了。

再过几年，我就会完全适应这崭新的状况：以丈夫、女儿和我为中心的三口之家。（外公可能会按时去幼儿园接小孩放学，也可能会迟到，然后带她去吃点什么我不让她吃的东西。）于是，从我女儿有记忆开始，就是这样的。仿佛天然就是如此，从来都是如此。就像我记忆中的爸爸、妈妈和我一样。她会记得，每到过年的时候，她的妈妈总是非常忙碌：又是卤牛肉，又是卤鸡爪，又是做年糕炒蟹。

现在要做的，只有静静等待。

婴儿六点左右喝了 120 毫升奶，睡着了。这一觉能睡八个小时。阿尔泡了一壶茶，我们两个人慢慢地喝起来。他说，你能想象吗？有一天，还是我们两个人在这里喝茶，然后另外一个成年人会走进来，要求加一个杯子。这个人是一个女人，比我矮一点，比你高一点，比我胖一点，比你瘦一点。她声称自己是我们的女儿，并且会告诉我们一些我们闻所未闻的事。你能想象这个画面吗？

我摇摇头。我连她直立行走的样子都想不出来。

我现在知道为什么人类的后代要长得如此之慢。因为我最近动不动就开始对一些显而易见的事实产生疑问：比如我的奶，闻起来怎么是一股奶味？我女儿的头，怎么好像突然变大了三圈？这一切都是怎么发生的？

只有漫长、繁琐的养育过程才能打消我们的顾虑，让我们相信眼前这个耳朵里插着耳机走来走去的家伙，真的是我们亲自弄出来的。

在此之前，她那么小，那么弱，那么依赖你而活着。于是这个婴儿更像是你的某种镜像。

有一阵子，我非常着迷于清理婴儿的外耳耳廓。在耳朵尖尖上最深的褶皱里，总是藏着厚厚的皮屑。我喜欢拿一根婴儿棉签，把它们抠得干干净净。毕竟耳朵是自己很难观察到的地方，抠起来很不方便。

如果我可以在我自己的对面操作就好了！画眼线的时候，我偶尔也会这样想。

镜像般的婴儿就完美地解决了这个问题。你感觉她是你的分身，又清楚她是独立的。这奇特的感觉，至少让抠婴儿的耳廓成为了一种完美的代偿。抠在儿身，爽在娘心：抠与被抠的快乐，似乎同时发生了。

我以为只有我一个人这么变态。直到有一天，我看见阿尔在努力地把婴儿的一坨"呼之欲出"的鼻屎扯出来。在婴儿空空荡荡、没有一根鼻毛的鼻腔里，一切都可以被看得清清楚楚。困难的部分只在于如何使用你过于粗壮的手指……

当然，我还有一种稍稍形而上一点的假设：这个婴儿，实际上是我灵魂的镜像。在麻木的生活中，在虚幻的梦境中，这颗安静的灵魂正反复惊醒着。尤其是到了凌晨两点半的时候，她尤其想问问这世界，为何人生是这样的？但是喔喔手指，她又替世界找到了答案：凡人皆有一死，一般来说是你妈先去世，然后你去世，最后你女儿去世。一般来说是这样的顺序。这是最正常、最普通、最好的安排。早点起床吧。还能哪样？

"啊！"阿尔成功地把鼻屎扯了出来。我们俩同时舒爽地感叹了一声。婴儿却涨红了脸，大哭起来。

我试着翻译她的哭声：这是我的鼻屎，你缘何来抠?! 突然失去鼻屎，吸进来的空气一下子就好冷。这一切你晓不晓得?!

　　然后我再试着给她安慰：只是失去了一颗鼻屎而已啊，宝贝！

　　如果这也值得大哭一场，那我要如何与你解释啊，你终将逝去的童年、青春、一切。

午夜，家里的大小动物都睡着了。我没睡，他竟然也还醒着。

下雪的天气已经过去，窗外的雨隆重地落下来。

"你确定吗?"他说。

我仔细看了看我们的聊天记录，不自觉地露出微笑。

"就这样吧！我决定好了。"

"好的，我明天下午给你答复。"

我把手机放在胸口，有一种恋爱的心情。可是对方发来这行字之后，就没有再说话，仿佛已经坐上去往明天下午的列车。我拿着手机又坚持了一会儿——不应该啊，我发过去那么多宝宝照片，他作为一个来图定制的客服，怎么都没有多说一句"真可爱"?

婴儿仿佛也产生感应，在梦中轻呓。我赶紧熄灭屏幕，侧耳聆听——她不会是要醒了吧？黑暗中立刻又传来嘬手指的声响。幸好，幸好。婴儿摇了摇头，自己又睡过去。

　　我长舒一口气，艰难地转动了一下僵硬的胳膊。刚刚发过去二十张照片，每一张都精挑细选：古灵精怪的几张拿去做钥匙扣，张牙舞爪的几张拿去做冰箱贴，还有几张温馨甜蜜，和善得像一个老太太，不如就拿去做成桌面摇摇乐立牌。但是没办法的，硅胶啊，塑料啊，纸片啊，怎么比得上真人？

　　我一边微笑，一边闭上眼睛。赶紧睡吧！今夜还能睡的时间已经不多。大约过了五秒，眼睛又自己睁开了。啊，还是想再看一遍那个视频：小婴儿被举起来，莫名其妙地发出了清脆的笑声。又或者是那个视频：她在垫子上趴着去够一个玩具，突然往旁边倒下去，并发出"咚"的一声。

　　"咚！"

　　啊，真可爱。

　　"咚！"

　　不知道疼不疼。

　　"咚！"

到底疼不疼啊，要不然再看一遍。

"咚……"

就这样，婴儿长到四个多月，学会了吐舌头、抓握，并利用自身的可爱以及这种可爱爆炸形成的蘑菇云完美地实施了对我们的精神控制。有的时候，我甚至感觉自己加入了一个神秘的教会。如果这个教会有名称，可能就叫作"宝宝教"（包含有"新宝教""男宝教""女宝教""妈宝教"等分支）。

每天清晨五点，婴儿准时从婴儿床上醒来，用圣洁的目光环顾卧室。要有奶，要有抱抱，还有干爽的纸尿裤。婴儿不必言语，便能传达意志。

于是圣徒阿尔挣扎着从罪恶的被褥里解放自我，披上百分之二羊毛和百分之九十八聚酯纤维制成的袍子，来到婴儿的面前：他的脚步跌跌撞撞，但虔诚至极。

他跪倒在婴儿面前，连续呼喊她的名字：宝宝，宝宝，宝宝早上好！

有时，他也会歌唱：

"咕噜哩，咕噜哩，咕噜哩，新的一天已经来了，咕噜哩。"

其中"咕噜哩"意义不明，或指婴儿将醒未醒之舞。

到了五点半，婴儿彻底醒来，同她的圣徒一，以及圣徒二。

从婴儿彻底醒来之时，新的一日便开始运转。

圣徒一、二披上袍子，迎接婴儿：

"容我取点水来，为你清洁脸蛋。"

"容我取点奶来，你喝点再号。"

……

"会很荒谬吗?"在社区医院打疫苗的留观时间里，我和阿尔大致阐述了一下心中的"宝宝教"，以及他是圣徒一，我是圣徒二这件事。

"大概你有你的道理。"阿尔抱着宝宝，似笑非笑。

这时路过两个家庭，都是妈妈带着女儿。阿尔立刻昂首挺胸了起来，怀里的宝宝更鲜艳了。她们看了看阿尔，嘴里蠕动了一句"外国人啊"，又看了看我们的女儿，最终还是什么也没说地走了。

我捕捉到阿尔脸上一丝失望的表情。

"承认吧，"我用法语和他说，"你刚才是不是非常希望她们夸我们的小孩?"

阿尔露出一副不好意思的神情。

"而且要夸得非常真诚那种，"我一下子有点兴奋，

"要实实在在地夸她的优点，夸她头发茂盛，眼睛有神，鼻梁高挺，皮肤白皙，还最好用上三段论？"

阿尔难为情地点点头，小声说："要不然我们明天把她洗洗干净，带去给朋友看看？"

"我们可以请他们吃饭！这样他们起码一定会说她很漂亮很可爱！"说到这里的时候，他甚至舔了舔嘴唇。

我想了一想，竟然觉得这真是一个好主意，毕竟在朋友圈发照片和视频已经满足不了我了。我突然理解了那些每天发孩子九宫格照片的家长。不过是虚拟网络上的九宫格罢了，这算得了什么！我甚至想把九宫格打印出来，印在T恤和卫衣上出门坐一天地铁；一边坐地铁还要一边打开手机放大宝宝的照片好让身边的人看到；一边放大手机上的宝宝照片，一边还要戴上墨镜，让对面的人也能从墨镜的反光里看到我可爱的宝宝。我的天。这个九宫格啊！我想印在A4纸上，雇两个勤工俭学的大学生给每人手里发一张，还要贴在便利店的移动门上。左边移动门配文"这是谁家的宝宝？"引起足够注意，右边再配："谁家的宝宝这么可爱？啊原来是我家的宝宝！"

越想越兴奋，我甚至抖起了腿。

阿尔在同一把长椅上，也跟着抖动起来。

"我现在有点害怕出门，"他颤抖着说，"我真的很怕，我会突然开口跟旁边的人说：'要不要看看我的宝宝？'"

阿尔膝盖上的宝宝本人，也一起抖动了起来。

她显然非常欣赏这种震颤的感觉。

因为她的脸上，又露出了那种圣洁的微笑。

这到底是不是一场梦啊？

婴儿从三个月起，开始对镜子里的自己发出迷幻的微笑，到了五个月，已经能够手舞足蹈，指指点点。显然，在这几个月期间，发生了一些相当重要的事情，令我的孩子几乎成为一台人脸识别的机器。她明亮的、不含杂质的（但有一点轻微结膜炎的）眼睛兴致勃勃地扫描着周遭的一切——-我想象当她看向我们的时候，我们五官的四周就出现闪烁的方框。她主要辨认的，就是方框里的内容。

"爸——爸!"阿尔张大嘴巴，他脸上的方框就拉成一个长方形。

"妈——妈!"从阿尔失败的抓拍来看，我的表情可能更丰富一些，所以我脸上的方框就更闪烁一些，有时候无法确定自己的边界。

"看看这是谁呀！"我戳戳婴儿的小脸蛋，婴儿看见镜中自己的脸上也有一个小小的方框，娇憨地笑起来。

我想象当我们出门散步的时候，她也兢兢业业地扫描视线范围内的人脸。大大小小、高高低低的方框忽上忽下，忽左忽右，忽隐忽现。有的脸出现了一秒，立刻被另一张脸遮住了，无法识别。有的脸逼近了，放大了，向她绽放笑容："真——可——爱——啊，宝！宝！"这张脸上的方框变成荧光色，闪烁，晃动。

于是婴儿的处理器出现卡顿，睫毛忽闪忽闪，最终闭上眼睛，宕机了。

她睡得真熟啊。耳朵凑过去，能听见均匀的、沉稳的呼吸声。她睡得真美，像是置于美术馆深深的走廊尽头的暖光灯下的一幅小小的静物画。

等她醒来，我们已经又回到电梯里。好几次都是这样。

"哎呀，回家啦！"我们笑她，"刚才看到好多人，到底是不是一场梦啊？"

婴儿睁大眼睛识别我们，似乎因为熟悉而感到放心。但是我知道，婴儿是真正活在当下的动物，既不为过去烦恼，也不为未来担忧。去诊所的疫苗接种室看看就知道了，婴儿们只在针头扎进大腿后的那一秒开始哭泣。等痛苦的感觉退去，他们的脸就立刻恢复平静。而那些走进诊室就开始尖叫的小童，已经不可避免地失去了这种能力。他们开始观察，开始预判，开始后悔。他们的心里开始出现两个清晰的句子，一句是："我要！我要！"一句是："我不要！我不要！"然后他们（也就是我们）之后的大部分人生，都将飘荡在这两个句子之间，一时滑向这句，一时滑向那句。

每当婴儿醒来的时候，都像刚刚出生。即使只是小睡了二十分钟，也像是刚刚从漫长的黑夜中醒来：之前经历的一切只在心里留下了模糊的印象，比如，"一个熙熙攘攘的春日"，那些惊奇的、快乐的、疼痛的瞬间也都已经烟消云散了。

如果婴儿的脸是澄净的天空，太阳也是崭新的，那么成年人的脸上，还滞留着昨天、前天，甚至去年的云。这些用旧了的云彩，已经失去了蓬松的质感，一层叠着一层，又灰又暗，随时要变成一场暴风雨落下来。

终于有一天，我照例抱着婴儿照镜子，却忍不住向自己提问："你看看，这是……谁啊？"

镜子里抱着婴儿的人，笼统来说是一位和蔼的圆脸大姨，穿着松松垮垮的运动衫，头发紧紧贴着头皮——我感到自己被某种向下的力量拖住了，整个人像一只沉甸甸的梨子。这股力量同我说：从此以后，不要再往上面看了，天空不是你的归宿，大地才是。

我不要！我不要掉下去啊！我还要长大，还要开花的呀！

可是我摇摇欲坠的肚子就是这样印证的。由于是紧急剖宫产，我肚子上的刀口又长又粗，从肚脐一直延伸到下腹，两边的肉被割开了，至今还没有要重归于好的意思。脂肪懒散地堆在肚腩上方，让这个已经左右分离的肚子又分成了上下两层。远远看去，就像是身体的前方，又耷拉着一个屁股。

我僵硬的肩颈，生锈的关节，早晨起来无法握紧的手指也是这样印证的。医生说，是体内的激素还没有平衡。但是就算疼痛真的会消失，身体轻盈、富有弹性的感觉真的会回来吗？

长到此时的婴儿，正开始享受托举的乐趣。把她举过头顶，她就开心得咧嘴，再抱着她前后摇晃，她简直就变成一颗充满笑声的炸弹。由此，我怀疑游乐园里的一切，都是对年幼时期父母的模仿。

我们的手臂，就是她的旋转木马，她的海盗船。我们的笑声，是缤纷的音乐。午后的一次散步，就是盛大的游园。充满爱意的眼神，是点缀其中的彩灯。

可是我又真切地感觉到，我即使是一座乐园，也是一座年久失修的乐园。我的机械手臂里，真是一点润滑油都没有了。

这就是衰老吧，我心里一惊。这一切，就要从现在开始了吗？

我的妈妈，也都经历过这些吗？

我试图回想起妈妈年轻时的样子，想给自己一点安慰。然而出现在脑海里的，只有几张照片。一张是我刚出生的时候，照片里妈妈只有 27 岁，和现在的我相比，是一个小妹妹。她穿一件红格子的连衣裙，留一头短短的卷发，眼睛亮闪闪的，皮肤白皙而富有光泽。还有一张，大概是我五六岁的时候，她挽了一个发髻，抱着手臂站在钢琴前面。

这两张美丽的照片，装在相框里才得以保存至今。而其他许许多多的照片，都在一个晚上被她亲自撕掉了。我那时太小了，不会安慰，也不会提问。

妈妈，你是不是和我一样，对自己走样的身体不满？

我试图想得更仔细一些：记忆中的我坐在红色的小板凳上，盯着锁住的保险门。这种缠着纱窗的老式铁艺门如今好像已经消失了。我坐在我的小板凳上，等妈妈下班。我不会看时间，不知道几点了。但是妈妈还没有回来，会不会是出什么事了？从一百开始倒数。数到零的时候，妈妈一定会出现吧！九十九、九十八……四十……是妈妈的脚步声！妈妈背着一只黑色的皮包，从楼梯那端出现了。她喊我的小名：西西呀……有没有练钢琴？

然后妈妈又消失了。下一个画面居然是饭桌上的一盘雪菜豆腐。

什么脑子！再想想！

我再想，妈妈的身体一定会出现的地方，应该就是公共浴室。大概到上小学之前，我们俩都是一起去小区里的公共浴室洗澡。在南方没有暖气的冬天，没有空调的童年，这是最好的选择了。妈妈提一个塑料筐，拎着洗漱用品、我和拖鞋，走十分钟就到了。有时候还会碰到妈妈的同事。

好尴尬呀！赤身裸体的，还得和人家打招呼聊天，还得说"阿姨好"呢。

于是我总是看着浴室的地板——是那种黄不黄、白不白的瓷砖，有一条小水沟连着每个隔间。我匆匆看了一眼妈妈的身体：微微隆起的小腹上，有一道浅浅的褐色疤痕。那是我的来处。然后我又继续去看那条水沟，漂过来一小堆泡沫、一大堆泡沫、头发丝、肥皂碎片……

"西西啊，来洗头!"妈妈又叫了一声我的小名，把我揪过去洗头。我立刻紧张地闭上眼睛。毕竟洗发水流进眼睛里，好痛的。

喂，要把眼睛睁开，要看看你妈妈的身体，要把她记住啊!

可是那时的我，又怎么会听见。

妈妈再一次在我面前赤身裸体，已是在康复医院的病床上了。她的身体白白的、胖胖的，气色很好。除了穿了一件成人尿不湿以外，谁会想得到这是一个将死之人呢?

如今妈妈躺在一个小小的盒子里，我的乐园被永远地拆毁了。

婴儿匍匐着爬过来，一边分泌口水，一边伸开手掌抓我的头发、我的鼻子、我的嘴唇，仿佛在说:妈妈，不要担心! 我把你吃进我的肚子里，很安全!

可是一个婴儿，不过是活在当下的动物。

我努力睁开眼睛，眼前只有热气腾腾的迷雾。

猫尿在哪里了？

猫又尿了。应该说，猫又尿在了它不该尿的地方。

我也像一只猫一样蹲下来嗅丈夫的裤脚。不，不是这里。于是我又人模人样地直起身子，仔细查看他的外套上有没有可疑的污渍。阿尔则突然灵光一闪，迅速把内袋里的护照翻出来，紧紧贴在鼻子上。做了半年父母，我们已经可以无所畏惧地直面屎屎屁了。幸好，那本盖满出入境戳的护照闻起来就像一间慵懒的办公室，除此之外没有别的。而那股猫尿味，幽灵似的，牢牢附在他身上随他飘来荡去。

"你最后一次穿这件衣服，是什么时候？它有没有被丢在地上过？"

"昨天？应该没有。"

我一把拉开阿尔的外套，去闻里面的帽衫。从帽衫

186

的拉链头闻到拉链尾，然后闻帽衫的口袋，帽衫的帽子。自从雅典娜——就是那只如圣诞礼物一般降临在我们家门口的猫咪——开始断断续续地发情，我们就养成了这种缉毒犬一般的习惯，随时随地都要闻一闻有没有可疑的气味。只不过，不知从什么时候起，与其说是我们在追踪这种气味，不如说是这种气味在追踪着我们。

我薅住阿尔的头发，打算闻闻他耳朵后边有没有猫尿味，阿尔这才忍不住了。

他压低声音说："不要这样，这里是公众场合！"

但其实这个邮局小得可怜。左手边两个柜台，右手边两个柜台，门口还塞了一台存取款机和一个保安。"大堂"正中间背靠背摆了两套沙发凳，直接把"大堂"变成了两条过道。在一个普通工作日的下午，这里除了工作人员，只有我们和两个来办定期存款的老太太。我的意思是，在这个和公交车差不多大的地方，有什么公众可言？

我把婴儿从婴儿车里抱出来，大大方方地闻了一遍。婴儿咯咯咯地笑起来，还以为是什么新游戏。接下来是婴儿车。车身平时收纳在储藏间，是猫咪们绝对进不去的地方。车架下面有一个兜子，正放着我们打算邮寄的两个包裹。那里空间很大，因此也常常被我们用来运送重物。

两个星期以前，我推着这辆婴儿车走到原来工作的地方。我要去办离职手续，所以得把留在办公室的书运回来。当然也可以这样解释：我是去办离职手续的，所以带上了离职的原因。以前的主管把婴儿（也就是我的离职原因）抱过去，看起来非常真心地说："如果我有一个这么可爱的宝宝，那我也不上班了。"我露出一丝苦笑。如果我的工资够请育儿嫂，那我就继续来上班了。

关于"全职主妇"这个选项，妈妈还在世的时候就和我说过。那时候我大概是孕中期的样子，她还吃得下饭，我也还吃得下饭。于是我记得那是一次愉快的午餐时间，妈妈突然提起了同事的女儿，说她上了几个月班，还是决定辞职在家带孩子。虽然我对这个人印象全无，也忍不住发出惋惜的感叹。妈妈却很理所当然地说："这点牺牲还是需要的。孩子的事最重要了。"

当时的我不能苟同，也不敢反驳，更没有想到我自己竟然也会做出这样的选择。

金钱当然是一部分原因。课时费很微薄，我又是个产量很低的愚笨写手。既然赚不到什么钱，陪伴孩子所付出的时间和精力就显得更宝贵一些。但其实我心里还有一个很不理性的想法：我无法忍受一个陌生的、年龄和我母亲相近的妇女抱着我的孩子，观察她，安抚她，逗她笑。我的妈妈无法亲自体验的辛苦，无法亲自享受的乐趣，我也不想让别人体验和享受。

"这两年就拜托你啦！爸爸加油呀！"辞职以后的生活其实和产假期间没有什么不同，只是我有时候会这样笑嘻嘻地和阿尔说。

有勇气辞职，当然也是因为阿尔博士毕业后的工作终于有了着落。这个薪酬优渥的岗位，能够支撑我们生活几年的时间。为此，我们已经不厌其烦地准备了好几个月的资料。

结果，就在我辞职后的一个礼拜，阿尔突然被告知：岗位没了。由于一个相当离谱的原因，这份看起来很靠谱的工作从面试开始就是不成立的。

他的导师打来电话说："不要抱希望了。你还是找找别的工作吧！"

我们两人就这样突然都成了无业游民。

大概也是从那个时候开始，雅典娜尿得更频繁了。我们开始在婴儿的尿布台上发现她的尿迹，还好好安慰自己：毕竟尿布台也算半个厕所嘛。紧接着就发现她尿在了花盆旁边、橱柜缝隙、洗衣机后面，又尿在了地毯角落，以及我的几只帆布包上。

我们花了三天的时间大扫除，饭也不烧，就是从早到晚地整理。扔掉了堆积的过期食品、无用的花盆、一张洗不干净的旧地毯，还有许多别的东西。我从未见过这样的阿尔。这个原本连几年前的电脑盒子都要留着的人，还没等我问完"这个还有没有用"，就毅然决然地说："丢掉吧，通通都丢掉。"

我们用吸尘器吸了三遍，又用蒸汽拖把拖了两遍，看到地板锃锃亮，心里才好受一点点。但是猫尿的味道，第二天又会出现在房间的某个角落。

"雅典娜！"阿尔气急了，也只是失望地叫她一声。雅典娜，你处心积虑诱惑的那个爱人，根本就不会来啊。你忍的这些寂寞，做的这些努力，到底有什么用？

我们想，赶快送她去斩断情丝吧。医师又说，要等发情期过去两周以后，才能做绝育手术。但是我们的猫，每次都等不到那个时候，便又重燃爱火。夜幕低垂，她站在空荡荡的客厅中央，跳到山冈一般的冰箱顶上，撕心裂肺地号叫：来呀！来呀！快来找我玩！

我被恼得实在睡不着觉，半夜爬起来跟她讲道理："楼下那些大野猫，也不是不想来找你，实在是没有门禁卡啊。"

这样叫上两晚，她又突然不叫了，似乎是接受了有时候幻想会落空。

但是猫尿的味道，成为一种始终萦绕在我们周围的东西。

天气阴沉的时候，猫尿的味道从蒙着灰尘的旧书堆里飘散出来，从潮湿的墙根深处渗透出来，一会儿在厨余垃圾里，一会儿在冰箱冷冻层，一会儿在冬天没穿出门的黑靴子里，一会儿又好像和邻居断断续续的黑管练习曲一起蒸发到空中，和在雨水里，又淅淅沥沥地落下来。

天气晴朗的时候，我们会带上婴儿去公园走走。梨花、梅花和樱花都开了，又让人分不清谁是谁。于是每一棵开花的树下，都有人在问：这到底是梨花、梅花，还是樱花？

我们把婴儿抱起来，让她靠近花枝。她才不管谁是谁，伸手就去揪。我们嘴里"哎呀呀"地叫着，赶紧把婴儿抱回来。可是有一小簇花已经被揪落了。

阿尔捡起花枝，准备带回家收藏起来。就在这时，他又闻到了猫尿的味道。

"就在这附近！我确定有！"阿尔使劲吸鼻子。

可是这附近，明明只有梨花、梅花，或者樱花而已啊。

"可能是野猫、野狗呢，"我安慰他，"也可能是家猫、家狗呢。"

公园里的游客比肩接踵。我们两个不上班的人，不知为何挑了周末出游。

大概周末出游的话，就不会有人发现我们两个都没有工作了吧。我这样想了一下。两个接近三十五岁的人，还能找得到工作吗？如果两个人都不上班，还散发出猫尿的味道，这不会就是堕落的开始吧？说不定再过几年，我们就要变卖家产，去街上流浪，浑身发臭。我忍不住又这样想了一下，仿佛也闻到了猫尿的味道。

"你说这个猫，"阿尔停顿了一会儿，深吸一口气，"会不会已经尿到了我的灵魂深处。"

显然，阿尔想的东西和我不太一样。

"尿到灵魂深处会怎么样？死掉的时候一起升天吗？"我的声音洪亮起来。

"升不升天不知道，但是我的坟墓上也会有猫尿的味道，这是肯定的。"

"那么就会有很多野猫过来闻闻你的坟墓。"

"闻起来是一只美丽的小母猫。那也太酷了！"

"那就不叫尿到灵魂深处了，是尿到骨髓深处！"

"骨髓……骨髓移植！"

"骨质疏松！"

"骨瘦如柴！"

"骨……"

哟，阿尔，中文进步了。

"总而言之，我们要把家里打扫干净。"阿尔在草地上慢悠悠地踱步，就像回到了家乡，"把家里打扫干净，整理清楚以后，就马上可以发现雅典娜在哪里做了坏事。"

这时候，我注意到婴儿车的轮子湿漉漉的，粘了一路春天的小草。不知为何，我突然想起他外婆家门口的山坡上，有很多圆滚滚的鹿大便。

"知道她在哪里做了坏事呢，就马上告诉我。我会清理干净，用酒精和漂白剂都擦一遍。"阿尔继续慢悠悠地说。

"然后我们就带雅典娜去绝育，让她变回那只正常的猫咪。"

"对。"我笑吟吟地说，"然后一切都会回归正常。"

"比较像"的负担

　　丈夫在卫生间让我递一把剪刀过去。我一边心里想着这真是一个天然的小说开头，一边发现他不过是要剪掉雨伞套上的标签。

　　趁着雅典娜做绝育手术，我们在家收拾她乱尿的烂摊子。其中就包括伞桶里的七八把伞。按理说两个人是绝对用不到这么多把伞的。况且，这些伞全部都很丑。它们不是有着十分老气的格子图案，就是有着腌咸菜一样的颜色。它们都是在便利店临时买的，可以说是每一次漏看天气预报的纪念品。当然，即使是非常美丽昂贵的雨伞，我也觉得雨伞套是完全没有必要的东西。谁会每次都把雨伞整理好塞到套子里去呢？我的丈夫却用剪刀把每一个雨伞套的标签都剪下来了，还把它们泡在肥皂水里三个小时，晒在阳台上一天一夜，然后在里面装进了同样洗得干干净净的雨伞。我想到我有一件条纹衫，领子的地方有两个洞。那里原本是衣服的标签。我觉得难受，就伸手把它扯掉了。连衣服也懒得脱下来，更不用说拿剪刀去剪了。

那个时候的我还是一头长发，谁也看不见我背上的两个窟窿。没想到这件衣服其他的部分质量很好，一直穿了五六年。到了我剪齐耳短发的时候，那两个眼儿就露出来，替我时刻注意后方来车。不光如此，我坚持不用剪刀拆任何东西。所以我拆的薯片一定要一次性吃完，而我拆的奶粉永远要漏出来半勺。

我们的女儿，到底会变成哪一种人呢？

同样的问题还有很多：她吃凉拌番茄的时候是加橄榄油还是加糖？她会是爆发型选手还是耐力型选手？喜欢山还是海？会爱上男人还是女人？归根结底，其实真正的问题是：她到底会比较像爸爸还是比较像妈妈？

每当我们三人出行，总有陌生人乐于给我们他们的答案。就在我们彼此目光接触的三秒之内，他们就像人工智能一样在心里比对我们三个人的五官特征，然后忍不住播报出来："像爸爸，特别像爸爸！"有时候还要加上一句评论："像爸爸好啊！"我只好努力地瞪他们。不过是双眼皮嘛，我也有的。还有自尊心这种东西，我也是有的啊！"您看这头发和眼睛的成色，黑色素明显是我提供的。"这句话太长了一点，和陌生人实在来不及说。

有一次，我和婴儿单独出门，非常安静地走在路上。没想到仍然有两个老太太走过来向我表达她们的猜想或者祝愿："这孩子，一定是像她爸爸吧！"我觉得这个事情就像小学数学题，不是加减法，而是应用题，要花一点心思的，我以为除掉了一个条件就没有人想算这道题了。没想到，还是有人能根据"结果"倒推出那不在场的父亲的样貌。

孩子像父亲，这本来是一件理所当然的事情。但是孩子像父亲是不是一件好事，就完全取决于母亲的感情和立场。比如，如果我是一个外星人，我就会很庆幸孩子比较像她的地球人父亲。这样找工作稍微容易一些吧。又比如，我是一个和我母亲一样对丈夫有所不满的女人，那么孩子像父亲的地方就是她的罪过。喜欢吃肉不喜欢吃鱼，是罪过。喜欢晚睡不喜欢早起，是罪过。用过的厨房像战场一样，当然也是罪过。

我很希望我可以长得更像我的妈妈，这样就可以在每天照镜子的时候看见她。但是我没有。就像小学数学题会问甲两天拧六个螺丝，乙四天拧八个螺丝，那么甲和乙一个星期一共可以拧多少个螺丝？这是甲和乙的事，不是我能决定的。据说，我和我妈妈在电话里的声音倒是一模一样。但是我不喜欢打电话，我比较喜欢发短信。

我仔细观察了一下我的女儿，发现她远看比较像我，近看比较像她爸爸。从高处俯视的时候，像一只青蛙。趴在地上看她，也蛮像一只小狗的。婴儿长到六个多月，行动力大大增强。她现在可以伏在地上，灵活地调整自己的方向，然后把自己弹射出去，甚至可以从围栏里爬出来，一边喷口水一边向着房间里的卫生死角直直地爬过去，舔椅脚，啃电线，把柜子底下满是灰尘的纸箱子扒拉出来。要不是她那么可爱，并且小小年纪就长出了鼻梁，我都想称之为"伏地魔"了。

我以前读过一本书，写一个年轻的作家在宴请了一位大文豪之后，因为过于自卑而决定在余生做一件家具。他很年轻的时候就死了，葬在一个二手市场的旁边。而那个市场，又正好是卖家具的。我的意思是，谁知道一个孩子到底会变成什么？

我小时候很想当一辆洒水车。一边洒洒水，一边放放歌。后来上了小学要做值日生，我才发现值日的内容里就有"洒水"这一项。想洒水的话，不需要做洒水车，只要做个人就够了。一般人都是可以一边洒水一边哼歌的。后来我又想做唱跳歌手。这个梦想也因为我完全没有任何天赋，也没有为此付出任何努力，而理所当然地落空了。再后来，大概就是上个礼拜，我看着自己产后飙升的体重，心里闪过"我再也不可能当一个嫩模了"这样的句子。人生的机会，就是这样越来越少了。

很久以前，我还看过一个电视节目，一个老太太弹着吉他唱歌，怀念她逝去的老伴。她说，她的先生是一个很整洁的人。他送给她许许多多丝巾，还会把这些丝巾整整齐齐地叠好。

我已经不可能是一个会把雨伞叠好，放进雨伞套子里的人，但是我会永远怀念那个会这样做的人。那个人，也许也会怀念那个弄乱雨伞、乱扯标签的我吧。

我们的孩子，无论她会像谁，都是我们此生的纪念品。当然，最好她谁也不像，只像她自己。

在婴儿围栏里躺下

　　最近一个月都没有动笔，因为我的颈椎病又来造访我。

　　说"造访"，肯定是客气了。说它是一种病症，其实也不太准确。我想它应该是来复仇的。

　　过去的十几年，趁我松松垮垮、随随便便生活的时候，它就躲在一个山洞里磨它的刀。精钢大砍刀，用烈火淬过，用寒冰冻过。颈椎有几段，这把刀上面就打几个孔，孔里穿了铁环，舞起来噼里啪啦响。

　　这响声我有没有听到呢？绝对是能听到的。一抬起手臂，它就在我耳边响。我知道它越来越近了，却也没什么好办法。二十分钟的颈椎操，怎么抵得过那么多年的积怨呢。于是有一天，它"哇呀"一声从高处跳下来，"咚"的一下落在我的背上。先在肩膀上乱砍一通——好把它的两只爪子嵌进去，然后沿着肩胛骨细细挑开一条小缝——刚好割到皮开肉不绽的程度，它把大刀收回去了，从腰间的囊袋里取出一根粗粝的麻绳，底上坠一只铁球，就放在那条缝里来来回回、悠悠闲闲地磨。

我什么方法都试了，就是无法彻底驱散我的疼痛。渐渐地，这种疼痛甚至有了温度：入睡前尤其灼热，但要是碰上下雨天，就像刚刚从冰箱里拿出来的糖醋小排一样僵硬冰冷。后来，每次出门的时候，我都带上钥匙、手机和我的疼痛。我想，这样回家的时候，就可以把钥匙挂在门口，把手机放在桌上，顺便把疼痛也褪在某处。但是显然，事与愿违。它开始爱上和我一起出门。

最初是波光粼粼的湖水，然后是人群、声波、堵塞的街道，以及夜市密集的花束。我怀疑这些东西受到了我肩上恶魔的青睐，于是开始加重我的疼痛，让我变得昏昏沉沉。

我问阿尔："怎么办，会不会是我的脑袋里长了什么不好的东西？"

阿尔说："放轻松，也许只是这个世界本身令你晕眩。"

我立刻感觉好了很多。因为人在疼痛之中，就亟需别人的分析。分析不能治愈什么，但是给人一种已经开始行动起来的错觉。这种开始行动的错觉，又会引起开始康复的错觉。所以分析其实是治疗的一种。

我想起前些天和朋友一起度假，碰到一个刚刚失恋的年轻女人——她刚刚得知，自己眼中谦逊、高冷的前男友，其实同时交往了六个女人，发展了五十多段肉体关系。

好多人啊！我先是想象了一下六个女人围成一圈的画面，又想象了一下五十多个女人依次出现的画面，果然感到一阵晕眩。但是这件事显然比任何旅游景点都要精彩，于是那一整天我们都没有出门，就在旅店里一边喝小米粥（并适量佐以辛辣剧情），一边帮她分析。

这样看来，分析意味着关注，关注又意味着爱。于是这个女人重新感受到被爱，递给我们看那个男人写给她的诀别短信。我们看完以后，忍不住一起笑出声。

"没想到他文笔那么差啊！"和别的事情相比，女人显然更失望于对方的段位。突然之间，看走眼的痛苦暂时盖过了失去恋人的痛苦。

但是我在风口的高脚凳上坐了太久，肩颈的痛苦又几乎要盖过以上两种痛苦。

"我要去躺一下。"我这样说了一句，然后就立刻走回房间躺了下来。朋友不明就里，跟到门口探头探脑，以为我发生了什么事。没想到真的看到我摊手摊脚平躺在床上的画面。他们不知道，"说躺就躺"是我最近一个月的人生信条。我完完全全接受了我的疼痛，不再想着如何去对抗它了。简单来说，一旦感到脖子累了，我就立刻躺下。

无论是在吃饭、看电视、拖地还是看孩子，"躺下"就和"如厕"一样，成为我身体的紧急需求。如厕确实可以憋一憋，但是大家都说为了健康，最好不要憋嘛。而我只是用同样的态度来对待"躺下"这件事罢了。阿尔刚开始看到我和吸尘器并排躺在地板上的时候，还有一点惊慌。没过多久，他就接受了我随时躺在家里的各个地方。现在我把筷子一撂，他就抬一抬头。我的意思是："我去躺啦!"他的意思是："快去快去!"

我一边躺着，一边感受背部肌肉挤压到一块儿的酸胀，还一边想一些无聊但令人平静的事情。比如瑜伽"躺尸式"的"尸"到底是不是"狮"的通假字——毕竟尸体是很僵硬的，不适合放松，躺着的狮子就显然有一种从容中带着狂放的王者之姿，顺便也可以解释为什么做这个体式的时候腿要撇开——不撇开的话，尾巴可不就没有地方可放了嘛。

我为自己悟出这些毫无用处，甚至根本谈不上正确的小知识而沾沾自喜，甚至扑哧一声笑出来。于是我立刻又因为这种沾沾自喜而感到淡淡的羞愧。但是因为躺着，思维到处自由流淌，这些喜悦和羞愧很快就被全部忘记了。

有时候出于猎奇的心态，我会在躺着的时候把头伸进猫窝或者茶几里。简短地说，是一种类似修车的体验，你会专心关注你面部上方的这个底盘，忘记身体的其他部分。可惜我对任何机械都一窍不通，就这样失去了颈椎病人完美再就业的机会。

当然，我最爱躺的地方，还是我女儿的婴儿围栏。写到这里，我终于想起来这是个育儿专栏了。所以接下去的两分钟内，我要和大家分享一下我是如何躺着育儿的。

首先，选一套干净、舒适并带有一定装饰的服装。装饰不需要复杂，有两根裤带、几颗纽扣就行。但是它们最好比较牢固，不会被你的孩子轻易抠下来放进嘴里，然后卡住喉咙窒息身亡。

然后，跨进婴儿围栏里，避开婴儿，找到相对中心的位置，躺下。

接下来，是最关键的一步。你要想象你是一个巨大的布偶，一堆软垫，或者一块长满青苔的石头。总之，是一件没有生命的东西，是你女儿的玩具。

不满八个月的婴儿会主动帮助你完成这个想象。她见到你曲起来的膝盖，就像见到一座山洞。她把她硅胶般富有弹性的小手"啪"一声拍在你脸上的时候，根本没有想过你是一个活物。她会紧紧揪住你的头发，把它们放进嘴里咀嚼，或者异常精准地开始抠你的眼珠子（即使在你闭着眼睛的情况下）。有时候她想去更高的地方，于是毫不留情地把膝盖顶在你的喉咙上，或者扯下一块布捂住你的口鼻。

你不要想：做父母难道是这种感觉？

你要想：做《动物世界》的野外摄像头，原来是这种感觉。

然后尽量不要被她杀死。

只要再过一会儿，她就会对你的头部失去兴趣，转而攻击别的部分：舔舔你的纽扣，扯扯你的裤带，把你的 T 恤掀起来放进嘴里哑巴。

然后她就会越过你，去玩别的游戏。

你不要想：总算结束了！我现在可以好好躺着了！

你要想：真好啊，无论如何，我们曾经如此亲密。

此时彼刻

婴儿变化的那一瞬，就和日出一样，需要决心、耐力和运气才能看到。

半个月前，婴儿站起来了——我原本想写"我女儿"的，但是写下这三个字，又立刻觉得不好意思起来——随着时间的流逝，她就像一个每天都写得比前一天大一些的汉字——我是说，她还是那个汉字，但随着时间的流逝，越看越让人认不出来。她是谁？为什么出现在我家里？

怀胎九月，就像一次炎热又漫长的火车旅行。我下了车，站在一片无垠的旷野，还以为自己到站了，却发现自己真正的工作是在这片旷野里继续铺设铁轨。

尤其当这段铁轨，哦不是，这个婴儿突然站了起来，两只手攥着床边的栏杆，脑袋和肩膀的接缝里冒出一小段脖子，眼睛贼溜溜的，朝你大声喊着"诶嘿!"——她看上去已经加载了起码百分之十的灵魂。我从远处看着她，看着她抱在怀里的蓝色大象娃娃。最开始的时候，她明明就是和那个娃娃差不多大的东西，现在竟然有模有样地把它抱在怀里。我想到有一天，我病得很重，或只是垂垂老矣，她也像抱这只大象一样把我的脑袋抱在怀里。

她越是像个动物，我越是容易爱她。她越是像一个正式的人类，我越是陷入一种难以自处的境地：这个人，她节选了我的基因，利用了我的肉体，号称是我的延续，社会上称我们为"母女"，但是她明明是另一个人，一个连她自己都不知道是谁的人，这个人到底和我是什么关系？

和别人提起她的时候，我总是有一点尴尬，努力把她当作和家具、宠物、高中同学或者网红餐厅差不多的东西。似乎这种轻描淡写的态度才能勉强中和一点"我女儿"这三个字带来的羞耻感。

然而当我把头枕在她的小床上，当我们四目相对，这股自心中缓缓升起的，让人热泪盈眶的冲动又是怎么回事？

虽然不想承认，但是也许是真的：我对亲密过敏。

与他人稍稍亲密起来，就会激起我心中的惊涛骇浪。爱意、感动、不舍、愤怒——翻涌的情绪像双手一样摊开在我面前，时刻与我的身体紧紧相连，我却不知道把它们放在哪里。

和那些对花粉过敏的人一样，我只好戴着口罩生活。这让我看起来客气、礼貌、情绪稳定。从前和妈妈去逛街的时候，我甚至会抢着付钱。店员看着我们礼尚往来的样子，问道："你们不是真母女吧？"

我心里想着，哦，那你是没有见过我们在家吵得惊天动地、歇斯底里。然后我才猛然意识到，其实那样的场景，已经是十几年前的事了。不知从何时起，我和父母的相处之道就变成了"不要让对方担心"，躲开争端，避免一切负面情绪。就像人类本身的进化一般，原本毛茸茸的动物，逐渐长成了某种光溜溜的东西。

妈妈生病以后，这件事变得十分困难。于是我们彼此都越发努力，迎难而上，假装无事发生。只不过有一次，妈妈坐在面包店里突然流下了眼泪。

现在我的女儿常常哭泣。站不起来要哭，蹲不下去要哭，拿不到茶几上的玻璃杯，哭得撕心裂肺。看到她哭的时候，我的脑海中常常浮现妈妈哭泣的样子——是在心里哭了一万次以后，不小心流出一点眼泪的样子。

如果当时拥抱了她，就好了。如果当时和妈妈抱头痛哭，就好了。

在我拥抱妈妈的时候，妈妈也会拥抱我吧。那么此时此刻，我就还能轻易地想起妈妈的气味、妈妈的安慰。

可是我坐在面包店，坐在哭泣的妈妈对面，只是继续咬着咖啡的吸管，默默等待这个时刻过去。

妈妈就这样在我面前哭了。妈妈就这样在我面前死去。

我不是在夜深人静的时候想到这些。我是在清醒着的所有时刻，不停地想到这些。

婴儿一边发出号叫，一边朝我爬过来。她用手紧紧攥住我的睡裙，整个人跌到我的怀中。

八个月的婴儿都会的事情，我是为什么忘了呢？为什么没有攥住妈妈的裙摆？为什么没有跌到她的怀中？

看着她天使一般的脸，我一边微笑，一边在心中想到这些。

我把她抱起来，把她举起来，向着天空轻轻地、短暂地抛起。

"妈妈!"我想起我去看妈妈的时候，总是还没有到门口就开始叫她。这样就可以从腹腔深处运气，用力地收缩心脏，大声地喊出来了。

"妈妈——"我接住婴儿，紧紧地拥抱她。

"哎!"我想起无论如何，妈妈这时候都会从里面的房间走出来，用充满喜悦和能量的声音回应我。

"妈妈——妈妈在这里哦!"我在婴儿的耳边轻轻说。

婴儿原本想要哭泣的脸立刻变了，发出尖利的笑声。

而我想起来，妈妈早已拥抱我安慰我无数次了。只是我不记得。

热热的，你的手

1

据说一棵苹果树上的每一颗苹果，味道都有所不同。这种说法让我着迷。

一只手上的每一根手指，力气和用途都有所不同。这件事却常常被我忘了。

洪深在《电影戏剧表演术》中说："中指与无名指，除非情感极热烈的时候，是不用的。"

2

你出生的时候，指甲是完美的蛋形，不长不短，色泽莹润。

你爸爸说："果真是一位小小的 dame（女人）！"

而我在想，指甲是不是婴儿看时间的工具（就像我们数手上的关节看每个月份是 30 天还是 31 天）。

不然怎么会那么刚刚好，指甲刚刚长到指尖，你就出来了。

3

最近你开始用食指了，主要用来拈地上的灰尘、碎屑、掉落的猫砂。

当然，你也会拈起餐盘里的蛋黄、薯泥、西蓝花的颗粒。

有时候我和你说："哎呀！不要吃！"

有时候我又和你说："哇呀！你真棒！"

拈起灰尘，拈起蛋黄，不是同一件事吗？

你总是很迷惑。

为什么同一件事情，这时对，那时错。

4

其实婴儿长到三个月，才开始发现自己有手。

到了七八个月会用拇指和食指捏起物品，则表示精细动作的飞跃式发育。

我想起我上小学三年级，第一次被允许用钢笔（而不是铅笔）写作业的那天，仍然感觉十分光荣。

哦，还有第一次用手摸到了男人的胸肌。

生命如此短暂，里程碑倒是密密麻麻的哦。

5

你很喜欢我们拍手，喜欢两只手从远处互相接近的样子。

于是我们常常在你面前演出：一边叫喊一边拍手，一边傻笑一边拍手；无论听到什么音乐，我们都立刻拍起手来。

你是越来越像人类啦！我们越来越像猴子。

6

你喜欢拍桌子，拍凳子，拍枕头，拍我的大腿，拍你爸爸的脸。

我们已经开始讨论哪里还能放得下你的架子鼓。

7

你学会拍手鼓掌以后，就要学挥手与人再见。

8

和同龄的婴儿相比，你的手很大。

我们带着一种期待宝可梦进化的心情，猜测你也许会长成一个高大的姑娘。

到时候站在人群中，你比同龄人高一个头，伸出比同龄人大一些的手。

然后你挥挥手说：

"再见！妈妈！你回去吧！"

9

不过家里也没有别的婴儿，所以你的手手还是最小的手手。

这么小的手，要写好多好多字。想想就替你累了。

10

有时候你会把手高高举过头顶，重重拍在地上。

爬得跟走正步似的。

气势是有了，但是你要抓的那只猫，早就跑走了。

总是这样，你来了，猫就走。

你看起来越兴奋，猫就逃得越迅猛。

我有时会担心你总被拒绝，心灵会不会受到伤害。

但是世界上总是有猫的。你说呢？

11

猫也有烦恼。

有一个时不时出现在家里的红点，它们永远捉不到。

12

但是有一次，你竟然去捉别的小朋友。

满场那么多会跑会跳的小朋友，你就去捉唯一一个比你小的小朋友。

走正步似的爬过去，一把薅住人家的头发。

13

你永远抓不到的猫，猫永远捉不到的激光。

婴儿的手，猫的手，可爱的手，无力的手。

打在我脸上的手，打在我心上的手。

握握手，握握手，

敬礼，再见，你是我的好朋友。

14

倒不完的垃圾，清不完的猫毛。

一个又一个的夏天，拿出来的T恤，塞回去的大衣。

没完没了，没完没了，没完没了。

就这样活下来了。

我。

苹果松饼失败了

有一天我起了个大早，因为这一天的前一天，新买的锅子到了。

新锅子到达的时间正好是这一天的前一天的傍晚七点四十分，令人扼腕。因为这一天的前一天的傍晚七点四十分，婴儿已经吃饱喝足了。而我原本打算用这口新锅子给她做一份番茄面。锅子是婴儿专用的辅食锅。自然，面也是婴儿专用的碎碎面。这样一看，只有番茄不是婴儿专用的番茄，真是令人扼腕。

我把锅子从它完美的包装盒里刨出来，一些泡沫颗粒像寒暄的废话一般附着在锅子表面。除此之外，它看起来就是一只锅子界的婴儿，连锅柄上的螺母都光洁动人。真想立刻用用它啊！我举起锅子，一种类似想要一脚踏进洁白无瑕的雪地的心情占据了灵魂。

"怎么又买一个锅子？"阿尔塞着耳机，无所畏惧地发表着评论。

他不知道这是我刚刚送达的母爱。在傍晚七点四十分，和一只锅子一起被扔在了我家门口，发出"砰"的一声。

婴儿一转眼就九个月了，再一转眼可能就三十五了。而我只给她做过蒸红薯、蒸芦笋、蒸肉末儿；还没给她做过土豆鸡蛋饼、玉米鲜虾肠、山药小米粥、苹果红薯烙。显然，我只给她做过三个字的菜，还没做过五个字的菜。后面那些营养丰富、五脏俱全的菜全是我从网上的辅食博主那儿抄来的。这件事令我感到羞愧。但是我转念一想，我对待自己也是如此——蒸排骨、凉拌菠菜、番茄炒蛋——我给自己做的菜也很少超过五个字。因为超过五个字的菜，往往需要两道以上的工序。即使是"炒胡萝卜丝"这种看起来是作弊的东西，也需要把胡萝卜切成丝才行啊。太麻烦了，出去再吃"炒胡萝卜丝"吧，家里吃吃"炒胡萝卜"就行了。如果只有我一个人，那么"炒胡萝卜"甚至还会变成"胡萝卜"。

不仅如此，在很长一段时间里，在很年轻的时候，我一天最多只能做一件事，要做第二件的时候就感到气血两亏。妈妈问我"今天怎么还没去办银行账户"的时候，我会回答："可是我填好了申请学校的表格啊。"有时候我会想，后来上学上到一天要赶两个 deadline，白天旅游晚上熬夜赶 deadline，上班上到晚上九点下班，九点下班以后还要赶 deadline，大概是生活对我的复仇吧。当然，我的妈妈并不理解我的回答。因为她是做"五个字的菜"的人。即使是"豌豆炒虾仁"这种看起来轻巧的菜，她的豌豆是自己手剥的豌豆，虾仁也是自己挑了虾线去了壳的新鲜虾仁。她做的肉，先腌再炒，入味收汁了还要上锅蒸一道。她做的红烧鲫鱼，最后会挤一点点柠檬汁增添风味。好神奇啊，她白天做了一万件事，晚上还可以做一桌子菜。为什么一个人可以完成这么多道工序？就因为她是妈妈吗？

我记得有一天，妈妈兴冲冲地和我说："我不怕麻烦！"然后就转头开始去做咸鸭蛋。除此之外，她还做过熏鱼、汤圆、月饼等等，那些在我看来需要民间秘方才能做成功的东西。妈妈做的这些东西，无一例外全都失败了。她虽然是很不怕麻烦的人，但还是觉得每一步都按菜谱来太麻烦。带着这种"毛估估就好"的态度，她在西点方面自然也是一事无成。买过一台面包机，用了两次闲置了。买过一个蒸烤箱，程序太复杂放弃了。还有电饼铛、酸奶机、破壁机之类的新鲜玩意，一时新鲜罢了，过一阵子它们就在家里悄悄地消失。

"我不怕麻烦"这句话却不知为何深深地留在我的脑海中，成为妈妈兴冲冲的背影的注解。哦，仔细一看，也是五个字呢。

五个字的生活太好了！我也要努力赶上！羞愧变成冲动，冲动变成愤怒，愤怒变成力量，在我的大脑里滋滋作响，散发出强劲的薄荷味。

我拿着锅子在家里走来走去，急切地想煎点什么。我希望时光倒流一个半小时，我好用这只锅子做一份番茄面给她吃啊。我希望她瞬间长到十二岁，自己打开门时用一种没有意识到总有一天我会离开她的随意态度同我说："妈妈我饿了，给我做一个鸡蛋饼吧！"当然，在现实中，在我现在所处的这个世界，她仍然是一个蠕动的婴儿，在不到一米五的床上啃着她的绒毛大象。于是我打开冰箱，扫视里面完整的胡萝卜，在脑海中将它们剁碎——等一下，我，想把胡萝卜，剁碎？

不是块儿，不是片，先把胡萝卜切成细细的丝，再把丝剁成碎碎。这样做要比直接把胡萝卜蒸熟压成泥麻烦五倍。可是婴儿九个月了，长出了两颗小小的牙，正是锻炼咀嚼的时候。

剁得碎碎的胡萝卜碎碎，加一点剁得碎碎的牛肉碎碎，在婴儿专用的崭新的小奶锅里炒香。要不要加一点剁得碎碎的薄荷叶，要不要加一点剁得碎碎的罗勒，要不要挤几滴新鲜的柠檬汁呢？

我想到妈妈做的卤牛肉，切成一片一片一片一片，摆在我的饭盒里。想到夏天，妈妈去市郊的农场里买了新鲜的莲蓬、葡萄和无花果。想到妈妈坐一个小时地铁来给我做一顿晚餐。

我缓缓地坐到沙发上，想到有一天，妈妈突然不来了。

"妈妈，想吃卤牛肉啦！"我这样发信息试探她。

"这两天有点事，先不来了。"她当时是这样回复的。

是癌症啊。是癌症来了。

我把新买的锅子仔细冲洗了几遍，放在架子上晾干。然后便到床上躺下了。

"土豆鸡蛋饼"

"玉米鲜虾肠"

"山药小米粥"

"苹果红薯烙"

　　我翻阅着手机上婴儿辅食的制作方法，心中不知为何想到那只晾着的锅子。在黑夜中仿佛可以清晰地看到锅子上的水滴，一滴一滴地滑落。

　　不如，明天早上早点起来，给女儿做苹果松饼吃吧。

　　我这样想着，浏览起苹果松饼的配方：苹果，鸡蛋，奶粉……搅成糊状……

　　好啦，大概知道啦！搅成这样的糊就行了！

　　至于每份配料的克重，就毛估估一下吧。

　　我闭上眼睛，看见锅子上的水滴，落在硅藻泥垫子上，从一个圆圆的带毛刺的水滴，变成一个微弱的小点，然后彻底消失。

女儿的头发越来越长了，可以在头顶扎一个小鬏鬏。我每天根据她的衣服精心搭配橡皮筋的颜色，有时候还要夹一个蝴蝶结。不过小孩儿每天在家转着圈爬，蝴蝶结很快就会掉，额前的头发也总是散落下来遮住眼睛。

有一次我赶着出门，匆匆忙忙吩咐阿尔："给她扎一下头发啊！"回家看到小孩儿果真扎了丸子头，乖乖坐在围栏里。而阿尔手上拿了几个塑料圈，正往她脑袋上套圈玩。

"咻！"阿尔一边发出怪声，一边丢出一只。塑料圈飞行了一小段距离，正好挂在女儿头顶的鬏鬏上。阿尔欢呼起来，小孩儿也坐在那儿傻笑。好一副其乐融融但智商不高的样子！

"喏，你也来玩玩，很好玩的。"说着，阿尔从手腕上匀给我一个塑料圈，娴熟得像在夜市混了几年。我则突然意识到，在育儿这件事上，我们俩玩的是两个完全不同的游戏。

对我来说，养孩子就像做任务。早上起来要换睡衣，换尿布，擦擦脸，梳梳头——把她打扮得整洁漂亮以后，这个关卡才会亮起五颗星。喝奶不足 150 毫升，三颗星。辅食食材丰富、营养均衡，虽然看着有点像呕吐物，但还是值得四颗星吧。到了玩乐时间，爬行为主，扶站为辅，大运动五颗星。抠我眼睛，抠我牙齿？精细活动四颗半……等等，她把掉在地板上的猫砂捡起来放嘴里了？卫生安全半颗星，精细活动五颗星。

打星，贴小红花，赢流动红旗，争团队第一。写满积分算法的表格似乎已经融进我的血液。

如此看来，其实我养孩子，根本不是在玩游戏，而是在上班。有时候我跟在小孩儿屁股后面，觉得自己仿佛一个忠心耿耿的导购员，一边保障顾客的身心愉悦，一边还要提防她损坏店里陈列的物品。我的爱是温柔的监视。我的心里刻着 KPI。

推着婴儿车的妈妈们一相遇，就自然而然地开始互相询问：几个月了？多高？多重？喝什么奶？一天拉几次屎啊？然后便自然而然地开始自言自语：哎呀，那我们太瘦啦！那我们太胖啦！那我们还不怎么会爬呢！

其实这个孩子大一点，小一点，轻一点，重一点，有什么关系？妈妈们自己，也是有的大一点，有的小一点，有的轻一点，有的重一点。

爸爸们似乎很少如此。对阿尔来说，家里添一个孩子，就像添了只小熊猫一样。说小熊猫，是因为小熊猫到底比小狗矜贵罕见。其实和养了一只小狗是差不多的。

穿的，只要穿着就行。吃的，只要吃了就行。屎啊尿啊不要漏出来，就行了。

虽然阿尔常常因为他的耐心细致而被称作"像妈妈一样的爸爸"，但仍然有很多时候，他就是一个非常"爸爸"的爸爸：他会大喊一声"Bestia!(野兽)"就去把他女儿从床上抓起来，用满是胡茬的下巴蹭蹭她的脑袋，再把她打横过来晃上几圈；也会把小孩儿放在小腿上，假装发射炮弹一样把她发射出去；读故事书的时候，他要是自己读得入迷，才不管那个真正的听众已经爬远……

有三分之一的时间，女儿是他的玩伴；有三分之一的时间，女儿是他的玩具；剩下的时间里，女儿才是他的小孩。

偏偏，小孩儿也喜欢这样。

阿尔在走廊里一叫她的名字，她就"呜呜"叫着爬过去了。

一个小男孩，养了一只"小狗狗"。大概就是这样。

我作为无聊的妈妈，真是羡慕极了。爸爸带娃，看起来不仅愉快，而且轻松。阿尔甚至放出话来："你可以在围栏里坐着休息休息，看看书嘛，小孩儿自己会玩。"

我坐在围栏里忍不住想：早知道家里还能腾出这么大块地方，装个按摩浴缸多好。

但是孩子已经生出来了，正在用她的小拳脚按摩我的身体各处。轮到我独自看娃的时候，我实在干不了别的。视线一挪开，我就忍不住想到几天前她掰了一块硬纸板吞下去的事。

难道与"野兽"共舞的方法，就是也成为"野兽"？

想到阿尔在陪伴小孩儿的时候，看起来是那么真心享受那些游戏，我也趴在地上，像另一个婴儿一样好奇地东张西望。这时候神奇的事情发生了：当我翻开一本书，女儿立刻爬过来抢着看那本书；当我开始玩一个玩具，她便立刻过来和我一起玩那个玩具。我不再像一个服务员一样，向她机械地介绍周遭的事物，而是扮成她的同类，发出天真的疑问。

我的热情非常直接地传递到了她的身上。但同时，我感到更加疲惫。趴在地上很累，颈椎会酸，膝盖会痛；保持高昂的情绪很累，嗓子会干，笑容会僵。

成年人要当一个小孩是不容易的，身上的电池已经老化了。看起来轻松愉快的爸爸，其实也很累吧？

我走到房间，轻轻抱抱阿尔，说："你是一个好爸爸。"阿尔也轻轻应了一声。

我又说："以后女儿肯定更喜欢你，我要嫉妒死啦！"

阿尔睡得迷迷瞪瞪，突然清醒过来哀号："不！她肯定更喜欢她叔！比爸爸更年轻、更有趣、更酷的叔叔……他又帅又会弹吉他！为什么！叔叔永远是最受欢迎的！"

眼看着他还有五千字的话要说，由于篇幅有限我赶紧把他的头摁了回去。

我想到有一天，他抱着我们的女儿一边摇晃一边说："现在她在我怀里的时间，应该已经比我在我爸爸怀里的时间长了吧。"

好好好，没事了。继续睡吧，我认识的最好的爸爸。

德维伊斯下了几滴雨

阿尔的外祖母在德维伊斯已经生活了将近一个世纪，她的浴室里还挂着阿尔妈妈小时候用过的澡盆。这里最新的东西是刚刚丰收的野杏、去年冬天落在阿尔卑斯山上的雪、周末带着狗来度假的几个都灵人，以及从远方回来的孩子们。

我们落脚的房子是阿尔的外祖父亲手建造的。一幢灰色的小楼，有一个巨大的仓库和两间公寓。一间给阿尔，一间给阿尔的弟弟。两兄弟长大成人以后，也可以做亲密的邻居。他原本是这样想的。谁知道十年前的圣诞节，阿尔从法国带回来一个中国姑娘。他们简单布置了这个山间小屋，度过了一些时光，然后就去了远方。

从杭州到德维伊斯需要 24 小时，但是对德维伊斯来说，24小时算不上什么。这里曾经是一个独立的地方，后来有时候属于意大利，有时候又属于法国。这些对德维伊斯来说，也算不上什么。阿尔的外祖母在战争中失去双亲，被一位严厉但热心的舅母抚养长大。后来她失去了丈夫，又失去了儿子。但是她永远不会失去她的德维伊斯。

我们站在她的露台上，脚下是她的菜园，对面是一山的松树。当清晨的薄雾散去，可以看到松间溪石。只是几年前阿尔上过清漆的窗框，如今又被晒得开裂了。菜园里新种了一种叫"山羊胡须"的蔬菜。除此之外，一切都和过去一样。

我们的女儿一路抱着她的蓝色大象，在飞行中像一袋土豆一样沉甸甸地睡在我们身上，如今终于睡在了她爸爸小时候睡过的地方。她的祖母安娜在集市定做了一个红色带小花儿的毛线姓名牌，布置了她的小床。

在这里，大家都叫她的意大利语名字"Cinzia"。"Cinzia"有时候还会变成"Cici"或者"Cicina"，听起来就像这里流淌的山泉水一样清甜。久久不曾谋面的家人，围绕着她，环抱着她，凝视着她，用甜蜜的、软和的、年轻的声音和她说话。

曾外祖母做了星星形状的意面，由祖母一勺一勺喂到口中。

可怜的小孩，现在你有祖母了，是不是可以吃胖一点了。

婴儿像一把火炬，在大人们之间传递。只有实在腾不出手的时候，才把她放在一个移动围栏里面，再把围栏放在屋子的正中间。婴儿的新鲜劲儿远远没有过去，在里面兴奋地玩耍。阿尔则蹲下来，摩挲着围栏上的网布，说还能想起小时候自己的脸印在上面的感觉。

没有什么地方比德维伊斯更适合谈论过去。或者，在德维伊斯，只有在谈论过去的时候，时间才又开始流逝。阿尔在中国待了太久，开始觉得家里的点心口味过于甜腻。他的妈妈便说起自己上学时在咖啡里放上四五勺糖的往事——然后是外祖母的故事："但是我的养父母，从来不往咖啡里加糖，好省给我们小孩子吃。"

他们谈论活着的人，谈论死去的人。就像谈论加糖和不加糖的咖啡。反正都要使用过去时。有时候，他们也会提到我的妈妈。很奇怪，在中国，亲戚们小心翼翼地避免提起她，在这里倒是相反。阿尔外祖母说她常常想到她。我说，我也是。

于是我也和她们说了另一件事。妈妈下葬的时候，天空中下了大概一分钟的小雨。办丧事的人说这是什么好兆头，我完全不相信。但是当我们刚刚到达德维伊斯，当我们时隔多年再次相聚的时候，德维伊斯的天空中也下了几滴雨。雨滴在一无所有的德维伊斯的天空中落下，温柔地拂在我的脸上。

我说那一定是我妈妈吧。她们说，一定是。

时间流逝的另一个证据是，孩子们会变得更大，老人会变得更老。当然，时间在老人身上往往是更加残酷的。我们原本要去阿尔的另一位祖母家里吃饭，那是一位精致的老太太，一辈子都在家里做大小姐，现在却只能去养老院里看她了。在疫情中的某一天，她突然放弃了假牙，放弃了行走，放弃了进食和睡眠。最后不得不被安置在全天候有人照料的疗养院里。

我们去看望她的那一天天气很好，她坐在轮椅上，一只眼睛已经看不见了，脚上穿着棉鞋。

她不停地拥抱婴儿，亲吻她的手臂和小腿。但是我残忍地想：这也许是最后一次。

还有一天，我们在露台晒太阳，听见隔壁传来流行音乐。我记得那户人家有一个热爱滑雪的小男孩，叫弗朗西斯科，大概十几岁的样子，常常和我们一块儿玩。

"弗朗西斯科!"阿尔大喊一声,结果叫出来一个长满腿毛的青年。

他怎么变成这样了! 我一边在心里暗暗吃惊,一边又忍不住想:世界上有那么多的孩子要长成大人,那么多的大人要过完这一生,难道命运真的有时间顾及所有人吗?

阿尔则在担心弗朗西斯科的头发,毕竟他的爸爸很早就秃了。

于是我继续想:难道命运——真的有时间顾及所有人的头发吗?

我不愿继续思考。因为害怕虚无。

我觉得自己坐在一辆熄火的汽车上,这辆汽车又停在一艘巨大的游轮上。我不知道这艘游轮要去往何处。

漫长的午睡

2023 年，你在意大利度过人生的第一个夏天。

|

你刚到的时候，整个欧洲都在高热之中，意大利南部气温达到 45 摄氏度。就连海水也是热的，和你的洗澡水差不多。不过我们住在阿尔卑斯的山上，相当于站在这个发烧的人的鼻尖。

过了几天，就降温了。早晨只有 15 摄氏度。你的奶奶安娜说，更高的山上甚至下了雪。我们给你穿上你叔叔小时候的毛衣，是一件天蓝色的开衫。

天蓝色，azur，是你爸爸眼睛的颜色。但是这里的人们都在惊叹你瞳孔的黑。

他们说："nero nero nero nero!" 把"黑色"这个词

重复很多遍，就是很黑很黑很黑的意思。

又过了几日，你叔叔从南部回来了。他完全不记得自己小时候穿过这件毛衣。

我想这里发生的一切都会被你忘记，所以先记下来，以后讲给你听。

2

你小的时候，真的很喜欢人类。无论看到谁，都要目不转睛地盯上半天。只不过你这样盯男孩子的时候，你爸爸就会在旁边小声说：Cinzia! 那是个男的! 不要看!

你转头看看你爸爸，再转头继续看人家。

有的人被你盯得不好意思，不得已要和我们攀谈，一般是问问你几个月了，有多重。显然这个搭讪方式只适用于小宝宝。你长大了以后，人家就不能开口就问今年几岁，几斤几两。

也有人赞叹你转头的速度："这个宝宝头转得好快!"大概是夸你颈椎灵活吧。

到了意大利，几乎每天都有人类送上门来给你观看。你盯人家一会儿，就感觉跟人家很熟了，把手递过去。那人就像看见猫咪主动递上手来一样，除了小心翼翼地握一握，也不知如何是好。

突然有一次，有一个人没有和你握手，而是在你递过来的手心里放了一块拼图。第二天，你就学会了递东西。

你主动递给我的东西有：字母玩具、灰尘、被你拧下来的多肉植物、蜘蛛网、饼干碎、果酱盖子、铅笔、花盆里的土、杏子、一种叫 Grissini 的面包棒。

真是谢谢你！

其实你递给我什么都可以的，不一定要是好消息。

3

另一件你很喜欢的东西，很可能是风。

山上的风很凉爽，带着松木的香气。有风来的时候，你会扶着东西站起来，向天空递上你的手。

有一次你抓了花盆里的土给我，我接过来以后，用力吹了吹你的手。

你看起来很快乐。也许是因为我把风递给了你吧。

4

你的曾外祖母名叫 Edoardina，翻译成中文大概是"爱德华迪娜"。这个名字很罕见，对小孩子来说也太难发音了，你叔叔小时候叫她"多多婆婆"，现在变成了她的绰号。

多多婆婆今年九十岁了，身体仍然健朗。最近她说自己脑子糊涂了，有时候打开门忘记自己要干吗。（其实我也常常这样。）

她总是说："我真是老老老老老啦!"把"老"这个词重复很多遍，就是说自己很老很老很老的意思。

你到意大利的第一天，她躲在后面不来碰你，因为觉得自己太老了。

但是过了几日，你便觉得自己和她熟了，爬过去抓她的小腿，伸出手揪住她的衬衣，整个人扑到她的怀里，把头靠在她肩上，紧紧抱着她。

于是我听见她轻轻和你说："Cicina，你要和我这个老婆婆一起玩吗?"

有人来了，她就和别人夸你："从来没见过这么乖的孩子，吃得好，睡得好，总是笑着，都没听她哭过!"

后来她当然也听见你哭了。不让你玩土就哭，桃子吃完了就哭，阳台门被关上了你哭得撕心裂肺啊。

所以你多多婆婆逢人还是夸你，只是默默地把最后一句删掉了。

等你五岁的时候，多多婆婆就九十五了，两个人加起来正好一百。我小的时候，满分就是一百分。如果语文和数学都考了满分，就是"双百"。考了双百的话，就可以和别的小朋友炫耀一个暑假。除此之外也没有什么。

所以人生也不一定要凑到满分吧。明年夏天，你两岁。两岁就可以吃多多婆婆炸的南瓜花了。

5

2008 年的 8 月 11 日，你的舅公在攀岩的时候，从一座他非常熟悉的山峰上掉下去，去世了。在你一岁的时候，他已经离开了十五年。你大概会觉得这简直是一个远古人类吧。事实上，他不过是一个四十多岁的壮年男子。

这一天我们原本要去那座山峰聚餐，你的祖母定了六至八人位。因为你叔叔从来不会一个人待着，他的身边总是围绕着一到三个朋友。在这样伤心的日子里，更是如此。这一次，他从南部带来三个那不勒斯的朋友，每天在露台上聊天，写歌，计划旅行。

你见到这些朋友兴奋极了，一会儿扒拉扒拉这个的裤脚，一会儿抠抠那个的手指。家里的人每天准备近十个人的吃食，也纷纷忙碌起来。采购的面包、意大利面和奶酪总是很快就消耗完了。这些那不勒斯人还会把果酱涂在奶酪上一起吃。我看多多婆婆的眼神分明在说："我活了九十岁也没见过这种吃法。"

到了十一日，这群浩浩荡荡的人正打算一起往山上进发，你满头大汗地醒来。

"宝宝发烧了!"

聚餐要取消，改成在家里吃饭。要有人去超市采购，要有人洗菜备菜，又要有人抱着你，给你量体温。

我把餐厅的十把椅子摆好，看着你就这样把一个伤心的日子，变成一个忙碌的日子。

也许有一天你会发现人生没有什么意义。也许那是因为你把自己的生命，从它生长的丛林之中单独摘了出来。

6

其实你像别的孩子一样好动，但是你爸爸喜欢说：你看! 她果然是一个阿尔卑斯人!

在多多婆婆的客厅，你发现了通往书房的三级台阶。到意大利的第二天，你就手脚并用地爬了上去，并发出胜利的"嘿嘿"声。

后来我们去了家对面的山上（你想知道的话，是一个叫 Sape 的地方），在那里你第一次握着大人的手走了起来。

等你从山上下来的时候，你就不再是那个满足于手脚并用的你了。每天早晨醒来以后，你就牵着我的手，扒开虚掩的门，让我拎着你爬楼梯。爬到三楼门口，也不进去跟别人打招呼，急匆匆地就往下爬到底层。就这样重复五遍以后，我终于也要承认了：你的身体里确实流着阿尔卑斯人的血！而我的血液里，充斥着对平原的思念。

大家都说，等回杭州以后，你肯定就会自己走路了。

我和阿尔互相问得最多的问题则是：回杭州以后怎么办？哪里变出来这么多朋友，哪里变出来这么多楼梯？

7

今天是 8 月 15 日，我们的假期过去了一半。

阿尔常常回过神来同我说：在意大利的这一个半月，大概会像一场梦一样吧？

其实我回想起我的童年，甚至回想起这前半生的日子，都是同样的感觉：吃过午餐，肚子很饱，我便头脑昏沉地睡过去了。再次醒来的时候，已经是傍晚六点。

婴儿消失后的婴儿泳裤

　　此时此刻我正看着一条婴儿泳裤陷入沉思：除了裆部厚实一些，它看起来和一条普通的泳裤没有什么区别。而婴儿的尿道括约肌和肛门括约肌要到三岁左右才能完全发育成熟。如果这条小小的泳裤能够阻止婴儿的排泄物进入泳池，那么反过来它也能阻止泳池的水进入婴儿的排泄物。如果泳池的水不能进入，洗衣机的水也不能进入。这样的话，要怎么清洗它呢？当然，我很快就想到，泳裤的内部是吸水层，外部是防水层。它之所以不会像一个茶包似的往外渗东西，完全是因为里面还盛着一个婴儿。如果婴儿消失，或者突然变得太瘦，事情就会变得不一样。就好像如果吸管消失，时间变得无限短促，那么用同一根吸管喝同一杯饮料的人就会扎扎实实地接一个吻。

有一天在餐厅门口，我见到了两个硕大的婴儿。他们百分之百可以把我眼前的泳裤填得严严实实。他们的妈妈看起来倒是精干得很，体脂率很有可能不到百分之二十五。顺便提一下，这家餐厅位于都灵市郊，每天提供一个"十欧吃到饱"的菜单。周六是炸鸡吃到饱，周日是烤猪排吃到饱。我们到达的时间是周日下午两点，餐厅里人满为患，餐桌上全是猪排。我们的朋友丹尼带着他怀孕七个月的妻子以及他们四岁的儿子在五分钟后赶到了。丹尼吃了三份猪排，他妻子吃了一个甜点，他们的儿子吃了免费的餐前薯片。真是结构完美的一家人。可惜他又解释说，妻子和孩子已经在家吃过中饭了。

丹尼的左手边坐着阿尔的童年玩伴弗朗西斯科，他的父亲在德维伊斯买了一座房子作为度假屋，于是两个人从六岁就认识了，一直玩到大学毕业。但是在我们回欧洲的六个礼拜里，弗朗西斯科竟然安排了整整三个礼拜和女友自驾去南部旅行。阿尔因为这事念叨了他整整三个礼拜（也就是他不在的那三个礼拜），现在又快快乐乐地驱车一小时来吃十欧吃到饱的烤猪排，并且在到了以后发现，弗朗西斯科又把女友带来了。

弗朗西斯科的女友在癌症中心工作，是研究癌症的那种中心，也就是说里面只有癌症，没有癌症病人。据说都灵市正在推出水牛造型的喷泉周边产品，每卖出去一份，就会捐百分之十的收入给这个癌症中心。出于一种类似互文的需要，在癌症中心的花园里有一个巨大的水牛喷泉。我们站在市中心的商场边上获得这个消息，也没什么好说。最后我不得不像刻板印象中的中国人那样拱起手来道了一声恭喜，同时想到（杭州）武林广场的喷泉喜欢在夜晚开放并配上蓝色的灯光，看起来和煤气灶一模一样。同时我又想到，我眼前的这个人，正在攻克癌症，但是又没有真的攻克癌症。从这个层面上来说，她是救了我妈妈的人之一，也是没能救我妈妈的人之一。

我一边用刀叉把骨头剔下来，一边饶有兴致地看着弗朗西斯科和他的女友把猪排拿在手里啃。在吃带骨肉这件事上，我战胜了正在战胜癌症的人，大概也就是战胜了癌症。同时我看出来阿尔对弗朗西斯科有一种想要独占的心情。更准确地说，是一种希望自己的童年回忆冰清玉洁、完美无瑕的心情。如果可以的话，他宁愿旁边的这些人和猪排全都一起消失，世界变成废墟，只剩下他和弗朗西斯科两个人在绝望之巅抱头痛哭。他甚至还想过，如果弗朗西斯科的生活一败涂地，可能也不是一件坏事。这样他自己就会是他唯一的朋友，每天打三小时越洋电话也没有关系。可是弗朗西斯科长到一米七五，八十几公斤，取向大众，工作稳定。丹尼和他的胞妹结了婚，整天同他出双入对。他女友更不用说了，两个人还睡一张床呢。哦还有工作，一个礼拜总共才七天，他竟然有五天都要去上班。这样算起来，六个礼拜里的三个礼拜又算什么呢？如果再算上因为疫情没能见面的四年，再算上因为没出生而没能认识的四十五亿年，这区区三个礼拜到底能算什么呢？

丹尼四岁的儿子（也就是弗朗西斯科的外甥）倒是很爱和阿尔说话，并盛情邀请他一起吃免费的餐前薯片。然后这个小孩突然问起："Cinzia 呢？"

仿佛在他说出这句话的时候，我们才突然意识到自己还有一个女儿。于是我又想到盛着婴儿的婴儿泳裤和婴儿消失后的婴儿泳裤——吸满尿液的三角形泳裤"啪"的一声落在泳池边上，被一双手捡起来，扔进洗衣机里，在 60 摄氏度的热水里高速旋转一个半小时，甩干，放在太阳下暴晒，直到所有水分都蒸发。

我想到的还有，那些会和婴儿一起消失的事情：悬在空中的手，落在空中的吻，白白突出的腰间盘，腹部蜿蜒的刀疤，傻笑，欢呼。

男孩的母亲和他说："Cinzia 在家里午睡呢。"男孩又问："Cinzia 很累吗？"那个母亲又说："Cinzia 还很小呢！"

我看着他们，像看一对陌生人。

如果没有这个婴儿，没有阿尔，他们与我有什么关系？

弗朗西斯科，秃头的弗朗西斯科，不秃头的弗朗西斯科，这天下的弗朗西斯科，到底与我有什么关系？

我回到餐厅门口，想要听听那两个硕大的婴儿的母亲在谈论些什么。说不定，她们是在谈论如何把吃下去的猪排转移到婴儿身上呢？

但是我什么也没有明白。我听见了，但是一个字也没有听明白。

像一个聋哑人一样面对这个世界，像一个刚刚出生的婴儿落到婴儿床上，像一个刚刚死去的灵魂适应黑暗。

这个世界是一部没有字幕的电影。

我看了一会，就睡着了。感到饥饿，就再次醒来。

我不断睡着，又不断醒来，直到再也分不清婴儿泳裤里是否真的有一个婴儿。

在盘山公路上想兔女郎

婴儿学步的能力令人吃惊。十一个半月的时候，她在德维伊斯的喷泉旁迈出了第一步。等她回到杭州，已经走得非常稳健。这也正常，德维伊斯不是上坡就是下坡，等她回到杭州，自然"如履平地"了。去散步，常常有路人夸她："这孩子这么小就走了！"我听着隐约有点不对劲，一时之间倒也想不出化解的回答，只好应着："是啊，这孩子走得比较早……"有时候想解释一番，又补充："像她爸！她爸也走得早……"阿尔则在路人复杂的目光中露出纯真的微笑。

据我的婆婆安娜说，阿尔也是在十一个月的时候开始走路。当时他手里拿着一只袜子，还以为自己仍然在扶着点什么，就这样出发了。于是当婴儿手里攥着点什么的时候，我们就开始猜测这是否就是她独自出发的时刻。

很多次，她拿起别人的信用卡、手机或者车钥匙就要走起来，大家便向她投去狡黠的微笑，意思是："你倒是蛮懂！"我感觉这场景似曾相识，心想这难道就是欧洲人的"抓周"？

事实上，在十一个月时拿着一只袜子出发的阿尔，现在确实很喜欢袜子。这让我想起年轻时候做过的一个心理测试：森林里有一个小屋，屋子里有一张桌子，桌子上有一杯茶、一个热水壶、一把钥匙和一个花瓶，请问您会选择哪一样物品？我当时仔细思考了两分钟，选择了钥匙。我是这样想的：茶杯、热水壶和花瓶都是容器，而钥匙是用来打开容器的，选这个的人必然在心灵的层面上鹤立鸡群，出类拔萃，是人中豪杰，一枝独秀。我自信满满地点下了按钮并准备把结果转发至我刚刚装修完毕的 QQ 空间，结果心理测试的答案是：您选择了钥匙，说明您是一个真心喜欢钥匙的人啊！刚刚看完这一段描述的人，和我一样浪费了生命中无辜的两分钟。但是我又不得不提醒您，拿着一只袜子出发的阿尔，现在确实很喜欢袜子，尤其喜欢色彩斑斓、骚气十足的袜子。家里装袜子的抽屉一打开，里面的袜子就蹦出来抖动着臀部要跟我斗舞。阿尔的弟弟安德烈则几乎在所有事情上都和他哥哥不同，其中也包括对袜子的态度。

在德维伊斯，我见证了安德烈装袜子的抽屉。里面的袜子，没有完全相同的两只，全部都是"孤儿"。我甚至见到了几只我的袜子。我忍不住问他，这是如何做到的？安德烈说，他在西西里和五六个朋友住在一起，这五六个人全部都是乱丢袜子、乱穿袜子的人，于是这样过了几年，每个人的袜子就都变成这种非常什锦的状态。我说中文里有一个词可以描述你的袜子，即"全家福"，当然它一般表示全家人拍的照片，或者一碗什锦馄饨。安德烈挠挠头，馄饨？我说是的，馄饨，混沌，Chaos。很多事情根本就没有谜底。有很多事情，根本就不是谜语。你和你哥哥的袜子证明了，这个世界可能就是一个随机的玩意。我们对着什锦袜子假装沉思，然后我发现安德烈的脚上穿着两只拖鞋，一只是塑料的，一只是棉的。

安德烈穿着这两只拖鞋，一脚夏，一脚冬。但是德维伊斯不是上坡就是下坡，德维伊斯的两头都连着盘山公路。这意味着，德维伊斯是盘山公路上散落着房屋、菜园和老人的一段虚线，要进入它，或者离开它，都需要走盘山公路。安德烈穿着那样两只拖鞋，去多多婆婆家吃中饭都要开他的旅行车。车座上团着衣服，座位底下有两条内裤、假花花环、大瓶矿泉水、一把塑料玩具手枪和另外一些袜子。安德烈说，对，长途开车矿泉水很重要。安娜问我，那两条内裤是男式的还是女式的？我回忆了两秒钟——是男式内裤。

由于没有驾照，我通常被安排在副驾驶的位置上。即使如此，盘山公路还是令我头晕目眩。空间狭窄，空气稀薄，高速弹射的意大利语又让对话过密，这种时候把自己想成回转式寿司店里的寿司也没有什么用。如果一定要出现在寿司店的菜单上，我可能更像一坨海胆，心里在颤抖，看起来却很新鲜。为了抑制想吐的感觉，我隔几分钟就往嘴里塞一颗柠檬味的糖果，并解释这种糖就是我的烟。实在忍不住的时候，我就在心里幻想兔女郎。大概从四五岁的时候开始，只要想吐，我就在心里幻想舞动着的兔女郎。仔细想出黑色的耳朵和高叉礼服以后，吐意便减了大半，然后要想腿部丝袜的样式和舞步。等脑中的兔女郎打扮完毕，跳出动作以后，我就不想吐了。因为这件事，我一直以为自己从小就是一个变态。直到有一天，我突然意识到，我幻想的不是《花花公子》的兔女郎，而是《超级变变变》里颁奖的兔女郎。这就合理多了。另外"兔"也和"吐"谐音，就如失眠的时候数羊其实是因为"sheep"和"sleep"发音很像一样。由此可见，我应该不是一个天生的变态，而是一个天生的谐音梗爱好者。

阿尔趁机问我，要不要学开车。因为学会开车就像学会走路，一旦学会，就哪里都可以去了，更因为开车的人往往不会晕车。我没有问他，如果学会开车了却发现不是哪里都可以去，会不会更痛苦。我也没有告诉他，其实我不是一只晕车的海胆，而是一只忧伤发作的海胆。这车里的每一个人都他妈的可以和妈妈打电话，令我嫉妒到想吐。

德维伊斯只有我和多多婆婆没有妈妈，也只有我们不会开车。我们是德维伊斯最不自由的两个人。从前，多多公公骑一辆摩托车带多多婆婆去度蜜月。摩托车是20世纪60年代最流行的维斯帕125，如今被做成乐高玩具。阿尔花一个晚上拼装完成，摆在家里的钢琴上。他们度蜜月的地方叫诺瓦拉，以科莫湖湖景闻名，又正好在米兰机场附近。我们临行的前一天去湖边散了散步，发现有些风光和西湖十分相像。甚至还有桂花树。我和阿尔说，西湖边，原来你外婆年轻时就已经去过了，现在你女儿又在那里出生，是不是好神奇？

这个时候——我是说，即将迎来三十五岁的这个时候——我们开始明白，时间会回转，人生不是一条笔直向前的道路，而是一条雾气弥漫的盘山公路，有时候你开了半天，也不知道自己是在走上坡路，还是在走下坡路，是在靠近一座叫德维伊斯的村庄，还是正在离开。

婴儿很快就学会走路了。她的叔叔安德烈在不远处吹着口哨，她的爸爸在给她加油。我忍不住在她身后问："宝贝，你要去哪里啊？"

婴儿学会走路以后，就要去她想去的地方。浑然没有意识到，她的父母正陷入全新的乡愁。

一种生活结束了，甚至已经结束了许多次。但是每一次结束又和一次新的开始紧密粘连着。

我们在背后看着这个小小的婴儿独自走了。她出发的那个时刻，两手空空。